HISTOIRE DE FRANK

DU MÊME AUTEUR

Précautions d'usage , La Table Ronde, 1982.
Un triomphe, Olivier Orban, 1984.
Nos amies les lettres, Olivier Orban, 1984.
Des gens impossibles, prix Kléber Haedens, La Table Ronde, 1986.
Lettre ouverte à François Truffaut, Albin Michel, 1987.
Les Hanches de Laetitia, prix Roger Nimier, Albin Michel, 1989.
Actualités françaises, Albin Michel, 1992.
Comme hier, Albin Michel, 1993.
Pas trop près de l'écran (avec Patrick Besson), Le Rocher, 1993.
Michel Déon, Le Rocher, 1994.
Barbe à papa, prix des Deux Magots, Belfond, 1995.
La Petite Française, prix Interallié, Albin Michel, 1997.
La Séance du mercredi à 14 heures, La Table Ronde, 1998.
Un bien fou, Grand Prix du Roman de l'Académie française, Albin Michel, 2001.

Éric Neuhoff

Histoire de Frank

Fayard

A Hubert et Gaspard, crooners.

Car après tout, qu'est-ce que le succès ? On se tue et on tue quelques autres personnes pour arriver au sommet de la profession, pour ainsi dire, de façon qu'à la maturité ou un peu plus tard on puisse rester chez soi pour cultiver son jardin dans la béatitude : mais à ce moment, puisqu'on a inventé un nouveau type de piège à rats meilleur que les précédents, la foule traverse votre jardin au pas de course et en piétine toutes les fleurs. A quoi bon ?

Jack Kerouac, *Vanité de Duluoz*

I'd like a new Lincoln
I'd like a new Martini
Nothing but the best is good enough for me
Frank Sinatra

Orange. L'orange était sa couleur préférée. C'était son côté *sixties*, Palm Springs, polystyrène. L'orange fut la couleur moderne par excellence. Avec le plastique, elle incarnait les années soixante. Ils en mettaient partout. Moquettes, chemises, Tropicana. Chaises à tubulures, fauteuils remplis de billes de polystyrène, lampes en plexiglas.

Le cauchemar est climatisé. C'est l'époque où les milliardaires meublaient leurs baraques comme des salles d'attente de dentiste. A Las Vegas, le Sands avait une façade en stuc orange. La mode est à l'avenant. Pattes d'éph', cols pelle à tarte, bottines à zip, smokings en velours noir, chemises à jabot de dentelle, nœuds papillons de la taille d'un cerf-volant. Même les voitures étaient orange. La vie semblait avoir été passée au minium. Le soir tombait et Frank Sinatra enfilait son pull orange.

Dans sa maison de Rancho Mirage, les murs

étaient orange. Il y avait un comptoir de bar au milieu du salon. Même le soleil, lorsqu'il se couchait, là-bas dans le désert, était orange.

Sinatra aimait l'orange, et alors ? Qui allait lui dire qu'il pouvait se dispenser de cravates orange larges comme des spinnakers ? Personne n'avait rien à lui dire. Ce type faisait ce qu'il voulait, point. *Je suis un homme capable de tout. Personne ne peut m'arrêter, okay ?* Sale petit Rital de merde, avec son goût de chiottes.

L'orange prouvait qu'il ne serait jamais de ce monde. Cela démontrait son audace, son mépris du qu'en-dira-t-on. Cet air de dire : *Je suis comme je suis. Et allez vous faire foutre !* La loi, c'est lui qui l'imposait. Les modes, cela se lance. Et si quelqu'un n'était pas d'accord, ses gardes du corps se chargeraient de lui briser les jambes, pour lui apprendre un peu. Ce pays était bourré de WASP mortels comme la pluie. Ils allaient voir. Il en ferait ce qu'il voudrait. Deux notes de musique, et ils étaient dans sa poche. L'Amérique est bleue comme une orange. A Palm Springs, le sable avait la couleur des tequilas sunrise. La mort serait cette grande fille au teint de carotte.

Vers la fin, il passait trois heures sous la douche et sortait de la salle de bains dans son peignoir orange. Sa collection de toupets séchait sur la barre qui maintenait le rideau de plastique. Barbara lui disait de faire attention. Il buvait trop. Il devrait lever le pied sur les cigarettes.

Il bouffait n'importe quoi. Cette cochonnerie de cuisine italienne qui lui rappelait sa mère, l'horrible Dolly, les interminables repas en famille à Hoboken quand rien n'avait encore commencé et que la cuisine ne désemplissait pas. A la fin, même le fond de ses yeux était orange.

Sa vie – oui – avait été orange. Orange, arrogante, vulgaire, innombrable.

Sinatra ! Il fallait voir ça, un peu. Son nom était toujours suivi d'un point d'exclamation. A ce moment-là, les gens rêvaient tous de ressembler à Sinatra. Aujourd'hui, ils veulent vivre comme dans les publicités. C'est baisser d'un cran. On n'en était pas à l'ère du recyclage perpétuel. Tout était nouveau. Tout semblait permis. Qu'est-ce qui est arrivé ? Saleté d'époque, avec cette propension qu'elle a à trouver du talent à l'argent, que le commerce est génial et que l'art est ennuyeux. Nous sommes bien, tiens.

De l'autre côté de l'Hudson, Manhattan le narguait. Frank s'était toujours juré de traverser cette putain de rivière, de quitter Hoboken (New Jersey) une bonne fois pour toutes. Plus tard, il compara sa ville natale à « un égout ». L'histoire du show-business n'est faite que de ça : des petits gars de banlieue qui font des pieds et des mains pour réussir et qui sont prêts à tout pour ne jamais revenir dans leur quartier. Et quand on dit tout, avec Sinatra c'est vraiment tout… Il tuerait son chien pour la gloire. Il sait que si l'on n'est pas disposé à tuer, ça n'est pas la peine d'espérer être célèbre. On lisait ça dans son regard. On entendait ça dans sa voix. C'était un instinct. Il voulait ça à 200 %. Ce pourcentage était la bonne moyenne. Il considérait l'avenir comme s'il s'agissait d'un coffre-fort à fracturer. Il n'y avait pas trente-six façons d'obtenir le succès. Il était prêt à ce qu'on le déteste. Il ne s'excuserait jamais.

Qu'est-ce que Sinatra aurait pensé des attentats du World Trade Center ? Il aurait donné un concert gratuit au Carnegie Hall, se serait emparé du micro et aurait lancé : « Oussama, I'll kick your ass. »

Par la suite, Sinatra a toujours voulu accréditer la version du brave petit gars arrivé à la force du poignet. Il ne faut pas exagérer. La famille ne roule pas sur l'or, au 415, Monroe Street, mais on ne manque de rien.

Dolly a ses astuces pour se débrouiller, souvent à la limite de la légalité. Elle connaît les gens qu'il faut. Quant à Frank, il a livré des journaux, comme tout le monde, il a sans doute été vaguement voyou sur les bords. Rien d'un caïd en culottes courtes : enfant chétif aux oreilles décollées, il devait surtout laisser les autres régler les problèmes, éviter les coups, prendre garde à ne pas trop abîmer les beaux habits que lui achetait sa maman. Cela ne suffit pas pour se fabriquer une enfance à la Scorsese. Le passé des légendes est souvent rafistolé. Frank avait des bonbons, des jouets, des vélos. De cette époque date sa manie d'offrir des cadeaux à tout le monde autour de lui.

A l'école, il est nul. Ça n'est pas grave. Il serre les poings. Son tour viendra. Il est rageur, survolté, impatient. Il ne rougira jamais de rien.

A onze ans, il décide de devenir chanteur. Mais oui, c'est ça mon petit! – telle est, en gros, la réaction de sa mère. Son père, lui, ne dit rien. Dans le couple Sinatra, c'est Dolly qui porte la culotte. Elle transmettra à Frank cette poigne de fer. N'empêche, la vocation de celui-ci est tout sauf une plaisanterie. Il va déployer une énergie folle pour atteindre son but. Quand Frank a une idée derrière la tête, on se demande ce qui pourrait l'en faire changer. Dolly hausse les épaules : encore un moyen pour lui de courir après les filles. Frank est un cavaleur. Il les lui faut toutes. Pour local qu'il soit, son succès dans le domaine est déjà une évidence. Il saute sur tout ce qui bouge. Il tient à sa réputation. Quand une fille l'accuse de l'avoir mise enceinte, le menace d'un procès en paternité, il faut voir comment il s'en débarrasse. Il sait ce qu'il veut : devenir riche et célèbre. Sa vocation a pris naissance. Ça n'est pas une pleurnicheuse qui va se mettre en travers de sa route.

La petite Nancy Barbato constitue une affaire plus sérieuse. Pensez, une demoiselle qu'il emmène voir Bing Crosby au cours de l'été 1935. Ça n'est pas n'importe qui. On est entre Italiens, en plus. Le jour de leur mariage, il lui offre le disque *Our Love,* qu'il a enregistré la veille pour l'occasion. L'attention est touchante. Nancy porte la robe blanche de sa sœur. Lui est en habit.

A la différence des écrivains débutants qui se cachent pour écrire, les apprentis chanteurs sont obligés de se montrer. Ils passent des coups de fil, offrent des échantillons de leur talent, décrochent des engagements d'un soir. Il faut se produire à tout prix, essuyer les rebuffades, ignorer les humiliations, revenir par la fenêtre. Frankie frappe aux portes. Son air irrésistible de Dargelos faux jeton les lui ouvre toutes. Le XXᵉ siècle avait eu raison d'inventer le microsillon. *Écoutez-moi, tous ! Je vous promets que je serai le plus grand chanteur de tous les temps.*

Après avoir été le chauffeur du groupe, Frank fait partie des Three Flashes qui se rebaptisent aussitôt The Hoboken Four. C'est l'époque des *big bands*. Le trompettiste Harry James l'enrôle dans son orchestre. Les choses prennent tournure. Dolly considère désormais les facéties de son rejeton d'un œil différent. Le 31 août 1939, il enregistre pour la Columbia *All Or Nothing At All*. Ce titre lui servira de devise pour le restant de ses jours. Au festin de l'existence, Frank n'allait sûrement pas se contenter des miettes. Il est tout le temps par monts et par vaux. Trajets en autocar, salles approximatives, chambres de motel douteuses. Au début, brave petit soldat, Nancy l'accompagne. Ils sillonnent l'Amérique profonde avec l'orchestre. Ils somnolent sur la banquette du fond, se nourrissent de hamburgers. Elle lui arrange son nœud papillon.

Soudain, Nancy tombe enceinte. La voilà obligée de rester à la maison. Frank pousse un ouf de soulagement. Ça ne l'enchantait pas, d'avoir sa femme sur le dos en tournée. Il ne sera pas là pour la naissance de sa fille Nancy, le 8 juin 1940. Le scénario se répétera à l'identique pour la naissance de son fils Frank, en 1943. Pour Tina, en 1948, miracle, il sera présent. Rien n'aurait pu se mettre en travers de son chemin, même pas l'accouchement d'une épouse.

Frank Sinatra a bel et bien traversé l'Hudson. Manhattan ne lui suffit pas. On ne va plus l'arrêter.

Voyage de noces à New York, 1991. L'autoroute traversait le Bronx. Le chauffeur de la limousine se tourna vers nous, désigna les alentours et dit : « We're in the middle of the shit. » *Soudain, la voix de Sinatra s'échappa des haut-parleurs. Le chauffeur changea de ton, s'exclama :* « Frankie ! » *J'ai oublié le titre de la chanson, mais je me souviens du respect, de l'émerveillement qu'il y avait dans la bouche du type au volant. Ce jour-là, j'ai compris que pour les Américains, Sinatra n'était pas seulement un chanteur : il leur faisait vivre une autre sorte de vie.*

Harry James est beau joueur. Malgré le contrat qui les lie, il accepte de laisser Frank partir au bout de six mois. Le chef d'orchestre déchire le papier et lui souhaite bonne chance. Planté sur le trottoir avec sa valise à côté de lui, Frank regarde le car s'éloigner. Ça lui fait quelque chose, quand même. Des larmes lui montent aux yeux. Par-dessus le marché, il neigeait.

Frank intègre l'orchestre de Tommy Dorsey, le plus en vogue des *big bands*. Sinatra repère aussitôt la façon qu'a Dorsey de jouer du trombone sans jamais reprendre sa respiration. Comment se débrouille-t-il ? Frank observe davantage. En fait, Dorsey laisse l'air s'infiltrer par un trou minuscule qu'il ménage au coin de ses lèvres. Sinatra fera la même chose avec sa voix. Sa vie bascule en une seconde. Lui qui a le tympan perforé, qui est infichu de lire une note de musique, sa voix, il s'en servira comme d'un instrument. Il fallait y penser. On ne connaît pas encore Sinatra : il pense à tout.

Puisqu'il s'agit d'une question de souffle, direction la piscine. Pour développer sa respiration, être capable de tenir la note le plus longtemps possible, à la limite de l'étouffement, Frank s'entraîne comme un champion olympique. Inlassablement, il parcourt des longueurs en apnée. Une autre, encore, une de plus, voilà. Dans sa poitrine, les poumons gagnent du terrain. Le chant selon Sinatra ne devait pas être si différent de la littérature version Fitzgerald : «Le travail de tout bon écrivain : *nager sous l'eau* en retenant son souffle.» A cette discipline, il est imbattable. Tout le monde se demande pourquoi il passe des éternités dans les vapeurs de chlore. Ils ne se doutent pas qu'on leur prépare une surprise. En lui, il trouve une force, une énergie, une volonté, qui le sidèrent lui-même.

Sinatra est formel : aucun rival ne lui arrivera à la cheville. Derrière toute cette aisance, il y a des heures et des heures d'efforts acharnés, de croyance tenace en sa destinée. Les répétitions n'en finissent pas. Allez, on reprend ! Frank veut que tout soit parfait. Encore une. La dernière, promis. Il commence à faire de l'ombre à Tommy Dorsey. Il n'en dit rien à personne, mais il a juré d'être le meilleur. Il s'en donnera les moyens. Ils vont voir.

Frank pille l'exemple de Bing Crosby. Il a une frénésie de séduction. Il salue, sourit, signe des autographes. Il lui arrive de porter des canotiers. Son nœud papillon ne le quitte pas. Il peaufine sa voix pleine de sortilèges. Il est son propre diapason. Sa libido est là, entre les lignes. Ces syllabes frôleuses, flirteuses, possessives et câlines. Dans le public, ses admiratrices ne s'y trompent pas. Les fauteuils du balcon sont humides. Dans ses chansons, il y a une nostalgie à vous broyer le cœur, à vous laisser sur le carreau, quand rien ne va vraiment plus, que vous ne pouvez pas croire à ce qui est en train de vous arriver. Une chanson, ça n'est pas grand-chose. Un sentiment flou, un coup de téléphone en longue distance, un cœur dévasté. La technique est infaillible : être au bord des larmes et savoir s'arrêter à temps, comme ça c'est eux qui pleureront. Il a le ton du type qui a vécu mille vies, traversé des épreuves et des épreuves, qui s'en est tiré avec les honneurs de la guerre. On admire ses blessures. Elles lui donnent un genre. Il n'en est pas plus fier que ça. On a piétiné ses illusions, mais cela, il ne l'avouera jamais. Plutôt crever. Mais il est si sûr de lui. N'insistez pas. Dites, vous voulez que je vous casse les tibias ? Que je vous tire une balle dans les rotules ? Vous y tenez vraiment ?

Vous verrez. Il sera le plus grand. Le petit mec de Hoboken serrera la main des présidents, couchera avec les plus belles stars du monde. Il fera ce qu'il voudra. Le Rital teigneux les battra tous à plates coutures.

Magique. Il claque des doigts : les filles tombent. Ça n'est pas pour rien qu'on l'appelle « Swoonatra » (*swoon* : s'évanouir). Depuis les coulisses, il balance sur scène sa cigarette allumée et c'est l'hystérie. Dans les travées, entre les sièges, les pompiers ramassent des adolescentes évanouies. On se demande pourtant ce que ces demoiselles pouvaient comprendre à Sinatra. C'est aux hommes qu'il s'adresse. Ses chansons sont étranges. On n'y parle qu'à mots couverts. Elles possèdent un drôle de pouvoir, donnent envie de partir en voyage, d'offrir à une inconnue un bracelet de chez Tiffany, de tout plaquer, de recommencer à zéro, de prendre le prochain avion pour n'importe où en se disant que la vie est un bordel désolant. En même temps, ces chansons sont faites de solitude et de désespoir. Ces divertissements de série résonnent comme des chapitres de *Tendre est la nuit.* Il y est question de remords et d'inquiétude. Le plus formidable chanteur de variétés de tous les temps était maniaque et dépressif. Il faut l'écouter en douce, en se saoulant le soir dans le salon pendant que les enfants sont couchés et que votre épouse regarde la télévision dans la pièce à côté. A minuit, cinq CD y sont passés au complet, la bouteille de bourbon a baissé de moitié et vous ne savez plus ce que le lendemain est censé vous réserver. On cherchait simplement le secret du monde. Si quelqu'un pouvait nous aider dans cette tâche, c'était bien Sinatra, non ?

En un sens, il est heureux que nous n'ayons pas découvert Sinatra plus tôt. Nos gamma GT *auraient pulvérisé la moyenne tolérée par la médecine. A vingt ans, nous nous sommes mis à boire comme des trous à cause de Blondin et de Fitzgerald. C'était choisir la facilité. L'ivresse d'abord – le talent viendrait ensuite. Si Frankie s'était joint à la bande, ç'aurait été du joli. Le Jack Daniel's se serait ajouté au champagne et aux demis pression. Gare aux mélanges. La pop music nous aura au moins épargné ça. Il faut lui rendre cette justice.*

Né avec la voix d'un ange, il plongea dans les bas-fonds et leur donna un vernis de glamour. *Cool*, oui, de taper sur l'épaule des gangsters. *Cool* de tutoyer les huiles de la Mafia. Relax de rendre les menus services qu'on lui réclamerait – le genre d'*offre qu'on ne peut pas refuser* –, de transporter des valises bourrées de billets jusqu'à Cuba, de rendre visite à Lucky Luciano. Les murs des casinos étaient recouverts de feuilles d'or. 35° à l'ombre. Les femmes exhibaient leur vison. Quand le FBI lui avait demandé ce qu'il était allé faire à La Havane, il avait répondu : « Je cherchais du soleil. » Très bien, Frankie. Bon garçon. L'ascenseur serait renvoyé, qu'il ne s'inquiète pas. Frank ne s'inquiétait pas. Simplement, ses yeux brillaient d'un éclat de plus en plus dur.

Bien sûr, c'était inquiétant. Il n'y était pour rien. Les truands voulaient qu'il se produise dans leurs clubs – le moyen de refuser ? Vous ne connaissez pas ces gars-là, leurs méthodes, cette façon de vous laisser le choix tout en vous menaçant. Brrr. Tous les cabarets du pays leur appartenaient. Tous, Dean, Jerry, ils se sont tous produits au Club 500 de « Skinny » D'Amato à Atlantic City. Frank avait grandi là-dedans. Avec Dolly, il avait été à bonne école. Les magouilles, il avait l'habitude. On lui avait appris à ne pas être trop regardant. Chanter gratuitement pour tous ces gros bonnets n'était pas la fin du monde. Il ferait ça toute sa vie. Le pli était pris. Au vrai, il aurait tellement aimé leur ressembler. Frayer avec la pègre, c'était conquérir de nouveaux privilèges. Ses contacts avec des personnalités dangereuses et influentes lui procuraient une excitation pas possible. Avec eux, le pouvoir était quelque chose de palpable. Leur univers représentait une version améliorée du monde extérieur. Ils achetaient le silence des officiels, envoyaient des émissaires aux Bahamas.

En leur compagnie, Frank bombe le torse. Ça lui plaît, hein. Il aime se montrer. Le 11 février 1947, un cliché le saisit à La Havane aux côtés de Lucky Luciano et de ses acolytes. C'est du lourd. Qu'est-ce qu'il fabriquait au juste à l'hôtel Nacional ? A-t-il trimbalé pour eux deux millions de dollars dans sa valise ? L'épisode lui collera à la peau. Ses détracteurs le lui ressortiront à l'envi. Défense de Sinatra : *Vous savez ce que ça pèse, dites, deux millions de dollars en petites coupures, vous croyez que ça tient dans un attaché-case ?* Les flics lui réclamaient toujours des détails techniques. Les questions pleuvaient en rafales. Aucune envie de parler boulot avec ces types-là.

Scénario identique en avril 1976. Frank est pris en photo dans les coulisses du Westchester Premier Theater avec Carlo Gambino, Paul Castellano,

Jimmy Fratianno et d'autres spécimens tout aussi recommandables. L'endroit, financé avec de l'argent sale, est en faillite. Frank arrive à la rescousse. On ne se refait pas.

Le gringalet admire le caïd Bugsy Siegel, nabab de Las Vegas. Il a des intérêts dans le Sands (2 % qui grimperont assez vite jusqu'à 9 : un joli paquet. Plus le liquide, les liasses qui s'échangent dans les couloirs, derrière les portes battantes, qu'on empile sur les lits). C'est dans cet hôtel qu'il présentera John Kennedy à Judith Campbell, la maîtresse de Giancana. Grosse erreur, ça, Jack, partager une fille avec un ponte de cet acabit. Les écoutes du FBI se mettent en marche. Sur les activités de Giancana, le doute n'est pas permis une seconde, avec son feutre et ses lunettes noires, ses havanes, ses Cadillac roses, ses chaussures en croco. Pour donner une idée du calibre, il est le successeur d'Al Capone à Chicago. Il portait au petit doigt un saphir rose offert par Sinatra. Ça n'était pas non plus précisément un hasard si Frank terminait la plupart de ses récitals par *My Kind Of Town Chicago Is.* Ses amis l'avaient plus ou moins obligé à enregistrer cette chanson. Et, bien sûr, à Chicago, pas un dollar de cachet. *Fuck Windy City.*

Pas fou, Sinatra n'utilise jamais le terme « Mafia ». Il disait « les gars » ou « le Syndicat ». Lorsqu'il comparait devant le Grand Jury, il engage pour le défendre

Sydney Korshak, l'avocat des Parrains. *Je le jure, Votre Honneur.*

Dans l'ensemble, il évite le sale boulot. Ça n'était pas lui qui plongeait les mains dans le cambouis. Ses sbires sont là pour ça. Un haussement de sourcils, et les choses s'arrangent comme par enchantement. Menaces, intimidations, pots-de-vin. Des armoires à glace en costume-cravate frappaient à la porte et votre vie prenait soudain un cours différent. *Bonjour, nous venons de la part de monsieur Sinatra.* Mais ils ne se présentaient sûrement pas comme ça. Plutôt un mélange de subtilité et de brutalité. Le nom de Sinatra n'était sans doute pas prononcé. Pas besoin. Oui, oui, d'accord. C'est ça, très bien. Le problème était réglé. On n'en parlait plus. Frank serait content. Cela marchait à chaque fois. Ce petit salopard était craint comme ça n'était pas permis.

Parfois, il y a des ratés. En 1966, il défonce le crâne d'un client du Polo Lounge à coups de téléphone. Ce soir-là, Dean Martin fêtait son anniversaire. Frank se chargea de l'animation. La victime retira sa plainte, comme par miracle. Bah voyons.

Ce doit être pareil pour tout le monde. Il y a des chansons qu'on entend pour la première fois et dont on sait qu'on les écoutera toute sa vie. Le saphir se pose doucement sur le vinyle et les sentiments remontent jusqu'à la gorge. La musique constitue un mot de passe pour une génération. C'est le sismographe de nos battements de cœur. Chaque chanson nous rappelle celui que nous étions, où et avec qui. L'expérience ne rate jamais. Si un jour mes enfants veulent savoir qui était leur père, ce qui l'a frappé ou ému, sur quoi il a dansé quand il avait leur âge, il leur suffira de glisser dans le lecteur de CD *la compilation de mes morceaux préférés. Les chansons ont le mérite de raconter des histoires qui ne sont pas les nôtres, mais qui remplacent les phrases que nous n'avons jamais osé dire à ceux que nous aimons. Cette biographie en paroles et musique en vaut bien d'autres. Elle ne contiendra pas que des tubes (oui, il y aura* Good Vibrations, Saturday Night Fever, I'm not in Love, Les Motivés). *Beaucoup de Rolling Stones et de bandes originales de films* (Taxi Driver, The Way We Were, Cabaret, Jules et Jim, Ascenseur pour l'échafaud, Délivrance, Chantons sous la pluie, Pat Garrett et Billy The Kid, New York, New York). *Des Français,* Douce France *de Trenet,* Supplique pour être enterré sur la plage de Sète *de Brassens,* Souffrir par toi *et* Terre de France *de Julien Clerc. Des curiosités comme* Vacances, j'oublie tout *ou les 33 tours de* Bijou. *Des succès enfouis dans les replis du temps :* No Milk Today, Ha, ha, said The Clown, *John Lee Hooker.* Beds are Burning *de Midnight Oil.* Jack Talkin' *de Dave Stewart, qui est un hommage à Jack Nicholson, et* You're so vain *de Carly Simon qui est une démolition en règle de Jack Nicholson.* Come on Eileen *de Dexys Midnight Runners. Du Patti Smith, évidemment.* Scenes From An Italian Restaurant *de Billy Joel. Un échantillon de Pink Floyd, de Steely Dan et de Supertramp. Gainsbourg pour son* Rock around the Bunker *et* Je suis venu te dire que je m'en vais. Raccrochez, c'est une horreur *de Jane Birkin.* Message personnel *et* Villégiature *de Françoise Hardy. Un* Best of *de Dutronc. Le Lucio Battisti qui a un titre à rallonge et sur la pochette duquel on le voit courir dans une sorte de marécage.* Crazy Water *d'Elton John. Le premier Tanita Tikaram.* Layla *par Derek and the Dominos. Le* Nat King Cole Espanol *parce que moi aussi j'ai fini par avoir des goûts de mon âge. Quelques classiques : le début de la* Septième Symphonie *de Beethoven, l'extrait de Mahler qu'on entend dans* Les Tueurs de la lune de miel, *les* Gnossiennes *d'Erik Satie. Le choix se portera en majeure partie sur Sinatra. Il faudra prévoir de la place. Il ne s'agira plus d'un florilège, mais d'une visite guidée à travers la carrière de Frankie. Là, je dirai à mes fils : mettez tout, sans exception. Bon courage, les gars.*

Il a fallu attendre. Jeune, il est trop maigre – une pomme d'Adam sur un fil de fer. Derrière lui, l'orchestre de Harry James bouffe tout l'espace. Son nœud papillon l'étrangle. Il porte des vestes à carreaux aux épaules rembourrées, des pantalons larges qui le font paraître plus squelettique encore, ou des costumes sur mesure à larges revers, des pompes impeccablement cirées. Côté look, il est déjà assez au point. Sur scène, il était si à l'aise que c'en était presque déloyal. Il avait toujours le même mouvement sec, rapide, pour claquer des doigts. Il se torturait à n'en plus finir pour trouver le ton juste, la note qui exprimerait avec le plus d'intensité les peines d'amour perdu. Un seul objectif : vous briser le cœur. Dire qu'il avait failli changer son nom en Frankie Trent et que Harry James avait voulu l'appeler Frankie Satin. Et puis quoi ?

Son nom escalade les affiches, grossit de plus en plus. Dans le public, les *bobby-soxers* frisent l'hystérie. Il est aux anges. Mettre le monde à ses genoux, voilà le but qu'il s'était fixé. On y est. La chance, il l'a saisie à la gorge. Il ne la lâchera plus. Écoutez les cris de ces demoiselles. Voyez les courbettes auxquelles il a droit dans les coulisses. Déchaînées, les filles embrassaient sa maison de Hasbrouck Heights, laissaient du rouge à lèvres sur les murs. En hiver, ses fans gardaient au freezer l'empreinte de ses semelles dans la neige. Toute l'année, ils recueillaient en doucc ses cendres de cigarettes, récupéraient des mèches de ses cheveux sur le sol de son coiffeur. Chaque semaine, sa boîte déborde de cinq mille lettres enflammées. En 1944, Roosevelt lui dit : « Vous savez, les femmes semblaient avoir perdu l'art de s'évanouir : je suis heureux que vous l'ayez remis au goût du jour. » Est-ce que c'est gagné ? L'usine à rêves a plus d'un tour dans son sac.

Il a observé Bing Crosby, a scruté ses films à la loupe. Ça n'était pas compliqué, il suffisait de l'imiter – le reste viendrait tout seul, en prime. Perry Como avait commencé comme ça. Dean Martin avait commencé comme ça. Tous ont commencé comme ça. L'élève Sinatra retint si bien la leçon qu'il dépassa très vite son modèle. Ensemble ils joueront dans *High Society*, avec Grace Kelly. Soupir admiratif de Bing Crosby : « Un talent pareil, on n'en rencontre qu'une seule fois dans sa vie. Pourquoi a-t-il fallu que cela tombe sur la mienne ? »

Il était devenu la religion nouvelle de l'Amérique. Il s'était fait le serment d'être le plus grand chanteur du monde. Quand il était sur scène, il émanait de lui quelque chose de sacré. Il avait fini par créer un style. De sa bouche sortaient des prodiges et des caresses, des larmes et des envoûtements, des mensonges et des aveux. Vibrations subtiles, frissons infinis, touches de mystère, accents de nostalgie. Comme timbre, on ne pouvait trouver plus parfait. Cette expression avide, ardente qu'il avait. C'est un produit de l'Amérique qui vous parle. Hoboken, Las Vegas, Hollywood. Mafia, Maison Blanche et Reprise Records. Il ne veut pas seulement vous faire écouter une chanson, mais aussi vous emmener à la meilleure table, vous servir votre cocktail favori, vous présenter la plus belle fille de la soirée. C'est ça, une chanson de Sinatra, cette façon qu'a parfois l'art populaire de ressembler à une forme d'amour. Sinatra, toutefois, était plus que la somme de ses chansons et de ses conquêtes. Son nom et sa vie ne lui appartenaient plus. Il y a un aspect mélancolique dans l'histoire de Sinatra. Certes, on l'admirait. Un ange de douceur. Mais on le disait aussi « douteux », « suspect », « tristement célèbre », « controversé », « pas net ». Dans sa voix, il y avait de la magie, de la noblesse, de la pureté. Derrière, se cachaient la violence, le chantage, la traîtrise, les faux témoignages, la corruption. Un vrai fils de pute. A aucun moment, il ne permettrait à quiconque d'entrevoir l'homme perdu, vulnérable qu'il était peut-être. Vous ne savez pas ce que c'est, d'être observé toute la journée : l'enfer. Il y avait différentes manières de se vendre, dans la première partie du siècle vingtième, aux États-Unis. Il s'en sortait mieux que les autres, voilà tout. La chanson n'a rien à voir avec l'honnêteté. Est-ce que quelqu'un a quelque chose à redire à cela ?

A vingt ans, j'admire de Gaulle et les Rolling Stones.

A trente, toujours de Gaulle. Pour les Stones, je commence à me forcer.

A quarante, j'aime de Gaulle et Sinatra. Mick Jagger, j'ai tenu le plus longtemps possible, désormais je cale. A la limite, je préfère ce vieux rascal édenté de Keith Richards avec sa voix de toile émeri, ses bagouzes à tête de mort et ses bandanas dans les cheveux. De Gaulle n'a plus besoin de moi : il est en Pléiade. Le rock est un truc de petit con. Arrogance et je-m'en-foutisme, ces qualités sont comme les yaourts : elles possèdent une date de péremption. Passé un certain âge, les têtes à claques doivent disparaître. Traduire : se cacher ou mourir – s'étouffer dans son vomi, percuter un platane, monter dans un avion qui s'écrase. Cependant, mourir ne suffit pas. Il y a aussi la manière. C'est pour ça qu'Elvis a raté sa sortie. Le cœur qui lâche en poussant trop fort sur ses chiottes : rock'n' roll attitude *?*

Indémodable, Sinatra tient le coup.

Son premier smoking lui coûte vingt dollars. Il a sept kilos de cheveux sur le crâne. La gomina s'impose. Ses oreilles sont immenses. On ne voit qu'elles. Il est dans une forme superbe. Le futur, il va l'avaler tout cru.

Regardez-le. On sent le type tout content de pouvoir se saper comme un milord. Le chapeau viendra plus tard. Le smoking succédera bientôt au costume. Les jaloux le soupçonneront de glisser des talonnettes à l'intérieur de ses chaussures. Les fringues, visiblement, il aime ça. Il fait attention à ce qu'il porte. Qu'est-ce que ses tenues nous apprennent sur Sinatra ?

Pas de lunettes de soleil. Il laisse ça aux mafiosi et aux femmes du monde. Cet accessoire est fait pour cacher des larmes ou un œil au beurre noir, pour se faire remarquer ou éviter d'être reconnu, masquer une pupille brouillée par la gueule de bois. Frank se moque de tout cela. Il ne pleure pas souvent, et ce ne sont pas de malheureuses lunettes qui vont empêcher les gens de savoir qui il est. L'alcool ? Tous ses amis vous le certifieront : il le tient comme personne. Dans les bagarres, ses molosses se chargent de lui épargner les mauvais coups. Ça n'est pas demain la veille qu'on le coincera avec un coquard. Il tient à son physique.

Son chapeau Cavanaugh devient son emblème. Il l'arbore sur la pochette de pratiquement tous ses disques. Le galurin légèrement renversé en arrière (« galurin » ! Quand je ne fais pas attention, c'est le Raymond Bussières de *Casque d'or* qui s'empare de ma plume), main gauche dans la poche, cravate dénouée, il brandit une partition.

A cet égard, l'illustration de *Come Fly With Me* constitue un exemple parfait du style Sinatra. Il y a un fond bleu. Dans le ciel, pas un nuage. A droite, on distingue une échelle de coupée, l'avant d'un avion. Une hôtesse de l'air attend en haut des marches. Au premier plan, Frank tient les doigts d'une femme à laquelle il doit dire adieu. Avec l'autre main, il fait un geste qui ressemble à celui des autostoppeurs. Cela peut aussi signifier : maintenant, je t'assure, il faut vraiment que j'y aille – le pouce étant pointé dans la direction du long-courrier. Naturellement, il a son couvre-chef. La cravate est verte, les boutons de manchette rouges.

Autres attributs essentiels : le mouchoir replié dans la poche de poitrine, les branches des lunettes coincées dans le V du pull, les effluves de Yardley Lavender.

Il lui arrivait de changer de caleçon dix fois par jour.

Pourtant, je me souviens de l'image que j'avais de Sinatra quand j'étais jeune garçon : un type un peu bouffi, en smoking, qu'écoutaient les adultes. Sa moumoute était vraiment ridicule. Je le confondais presque avec ces pianistes de bar qui jouaient Feelings *au milieu des bruits de glaçons.*

Il fut le premier à faire ça : se servir du micro comme d'un complice, d'une conquête, « comme une geisha joue de son éventail », et non plus comme d'un accessoire embarrassant. Il lui parle, le caresse, lui chuchote des promesses. Il joue sur une corde sensible.

Sa voix colore le monde dans lequel nous vivons. Si on devait la comparer à un avion, ce serait à un planeur. Élégance, précision, acrobatie, effets calculés au dixième de millimètre. Aucun autre chanteur n'est parvenu à cette alchimie. Cette musique était le chant profond de son âme. Sur scène, il semble communier avec les histoires qu'il raconte. La maîtrise qu'il fallait pour parvenir à ces gestes si moelleux, ces accents de velours. Un sacré frisson parcourait les échines. Il revit des épisodes de sa propre biographie. L'évocation des bons moments s'accompagne d'un sourire suave. La jeunesse perdue réclame la tête qui se penche de côté. Pour rappeler les nuits de solitude, il faut la secouer doucement, fermer les yeux, esquisser le geste d'une main qui s'élève. Tout cela très au point. Tout s'enchaîne de façon quasi surnaturelle. Il y a des secrets et de la mélancolie, des promesses de bonheur et des instants qui ne reviendront plus.

Ses chansons passent à la radio. On les entend dans les juke-boxes. Elles surgissent de l'autoradio. En voiture, c'est encore mieux. Capote baissée, le paysage défile au ralenti. La dame de vos pensées appuie son front contre votre épaule. Le monde est à vous. Dans les salons, les chambres à coucher, ça n'est pas mal non plus. Ses disques ont permis aux Américains d'attirer un tas de filles dans leur lit.

Un seul objectif : vous briser le cœur. Mettre le monde à ses pieds, il a toujours su faire ça.

Son instinct fait des ravages. Il a en lui une confiance absolue. Ça n'est pas difficile d'être Sinatra : ce qui est dur, c'est de l'être tout le temps. Il est célèbre au-delà du possible. Chanson, cinéma, production, immobilier, casinos – étage par étage, il investit l'hôtel particulier du show-business. Il invente les albums à concepts. Ses 45 tours grimpent rarement très haut dans les hit-parades, mais ses 33 tours se maintiennent des mois à la première place. Du début de la face A à la fin de la face B, les morceaux se déclinent comme autant de nouvelles. Ses disques constituent une fresque de ce que fut la psyché de l'homme tout au long du XXe siècle. Jupes déchirées, petits cris, culottes trempées – tout ça pour un lutin lubrique et allumé qui se roule dans les draps de l'Amérique. L'érotisme masculin a eu son témoin, sa victime, son chroniqueur. Il sillonne les allées de la déception, pousse les portes de la solitude, arpente de fond en comble la salle des regrets, plonge dans les flots de la tristesse. C'est un monde de célibataires accablés, de call-girls électriques, de barmen débonnaires (« Un petit dernier, mister Frank ? »), d'avocats véreux, de maîtresses inconstantes. Sinatra ne nous épargne rien des affres du mâle occidental : instable, sensible, contradictoire, vindicatif, insatiable, exigeant. Il concurrence les meilleurs romanciers de son époque, fait la nique à Updike, double Philip Roth dans la côte, précipite Mailer dans le bas-côté. Il sait que le cœur est un chasseur solitaire. En amour, les balles se retournent toujours contre celui qui les tire. La détresse enflamme sa voix, l'enrobe d'un certain *duveteux*. Ses refrains ont les accents du remords et de la mélancolie.

Il a juré d'être le meilleur. Rien ne l'arrêtera. Ses contrats, il se torche avec. Tommy Dorsey sera payé pour le savoir. Un beau jour, Sinatra plante là le chef d'orchestre. Ce dernier ne le lui pardonnera jamais. Il faut dire que Frank avait signé n'importe quoi : un papier qui le contraignait à verser à vie 43 % de ses revenus à Dorsey. Quand on est jeune et inconnu, on ne prête pas attention à ce genre de détail. On paraphe à l'aveuglette. Riche et en vogue, les choses deviennent différentes. Dorsey ne l'entend pas de cette oreille. Il salue Frank à sa manière : « J'espère que tu vas te planter. » Leur brouille sera persistante. La légende prétend que Sinatra lui fit une offre qu'il ne pouvait pas refuser. Comme cela est élégamment dit. La rumeur veut plutôt que Sinatra lui ait envoyé des gros bras pour le convaincre. Dorsey, un revolver dans la bouche, accepte les exigences de son chanteur.

Célèbre, il ne pouvait pas l'être plus. Deux mille fan-clubs le suivaient à la trace. On le surnommait « The Voice ». Qu'est-ce qui lui restait ? Le fric ? Il avait des dollars à ne plus savoir qu'en faire. Le pouvoir, alors ? Ça, ce serait bien, le pouvoir. Le *vrai* pouvoir pour une fois, pas ces caïds à la manque dont le nom se termine toujours par une voyelle et devant lesquels il lui arrivait de chanter gratuitement. Ces types-là régnaient sur toutes les boîtes du pays. Ils adoraient l'inviter à leur table, qu'on les prenne en photo avec lui. Ça lui coûterait cher, ces fantaisies. Non, le pouvoir était ailleurs. Kennedy, voilà du solide, de l'avenir garanti. Ouah, le petit mec de Hoboken fréquente les grands de ce monde. Le crooner faisandé vénère l'establishment. JFK l'éblouit. Son sourire éclatant, son goût des bonnes femmes, cette façon qu'il a de mettre les mains dans les poches de sa veste en laissant dépasser le pouce. Frankie aimait bien les détails de ce genre. Heureusement que son vieux pote Peter Lawford allait épouser Patricia Kennedy, la sœur de Jack et de Bob. Sinatra le baptise aussitôt *Peter in-lawford*, le « beau-frère ». Lawford est cet acteur à la coule, ce second rôle, un Britannique un peu mou. Pas suffisamment viril pour Frank, mais ce mariage corrige son point de vue. Le jour des noces, Joseph Kennedy a son idée sur son gendre : « Il y a une chose pire que de voir sa fille épouser un acteur, c'est de la voir épouser un acteur anglais. » Bienvenue dans la famille, Peter !

Cherchez la femme. En l'occurrence, il s'agit de la mère. Il l'adore. Elle le vénère. Il la respecte. Elle le terrorise. Il faut dire que ça n'est pas rien, Dolly Sinatra. Quand il est né, le 12 décembre 1915, il pesait plus de six kilos. Il a fallu des forceps, qui lui auront laissé une cicatrice sur le crâne et esquinté le tympan (ce qui lui évitera plus tard de partir combattre sous les drapeaux). Elle ne pourra jamais avoir d'autre enfant. Frank restera fils unique. Unique, pour sa mère, cela va de soi. Pas deux comme lui. Démocrate convaincue, elle a prénommé son fils Frank à cause de Roosevelt. Une rude, cette Dolly. Dans le quartier, à Hoboken, cette grosse bonne femme à lunettes fait la loi. On ne lui marche pas sur les pieds. Elle jure comme un charretier. « Fils de pute » est son expression favorite. Elle mène les politiciens du cru à la baguette. Devant elle, son époux, le doux, le gentil Marty, s'efface. Frank a eu un père docker, puis boxeur professionnel. Métier de la mère : sage-femme. Traduire : faiseuse d'anges.

Les filles qui avaient des problèmes se murmuraient l'adresse : 415, Monroe Street. Dolly a même failli aller en taule pour avoir pratiqué ses avortements clandestins. Mais la dame a le bras long. Frank en prendra de la graine. Avoir une mère pareille constitue un atout non négligeable. Comme Dean Martin, Sinatra aurait pu dire : « Il n'y a que deux personnes qui croient vraiment en moi : ma mère et moi-même. » Dolly lui présente la vie à l'échelle où elle vaut d'être vécue. S'il y en a un, c'est sans doute elle, le Rosebud de Sinatra.

Gloire : dans un dessin animé de Tex Avery, sa figurine était tellement maigre qu'elle disparaissait derrière le pied de son micro. On ne distinguait plus que son nœud papillon. Il chantait *All Or Nothing At All.* Ç'aurait pu être sa devise, son cri de ralliement. Tout ou rien du tout ? Ce sera tout. Qu'est-ce que vous croyez ?

Quand je repense à mon enfance, je vois mon père sortant de sa voiture, un été, et annonçant à ma mère : « Tu ne devineras jamais qui est numéro un au hit-parade ? » *Il claque la portière.* « Sinatra ! » *Sur la route, il avait écouté la radio. Ma mère avait l'air salement étonnée. A mes parents aussi, Sinatra devait sembler un aîné vaguement oublié.*

Cet été-là, l'été 66, Strangers in the night *battit toutes les autres chansons à plates coutures. Le Vieux était de retour. Ça faisait longtemps qu'il voulait leur montrer, à tous ces petits jeunots, qui était le patron, hein. Dans les hit-parades,* Strangers in the night *dépasse* Paperback Writer. *En même temps, il ne supportait pas ce tube.* « Si vous aimez cette chanson, vous devez raffoler des yaourts à l'ananas. »

Doubi-doubidou. Qui a écrit cette merde ?

Dans son genre, c'est un athlète complet. Chanteur, ses preuves ne sont plus à faire. Au cinéma, il gagne très vite ses galons. Il signe avec la MGM. Au cours d'une réception au studio, il rencontre Peter Lawford (début d'une histoire). On lui confie des shows télévisés. Les émissions sont sponsorisées par les cigarettes Old Gold, les savons Lux, Chesterfield, les montres Timex ou Bulova. Il n'a plus une minute à lui. Il s'installe à Los Angeles. Pour sa femme, l'acclimatation est rude. Elle a épousé une pile électrique. Longue durée.

Dans Liberty Heights, *le film de Barry Levinson, un des adolescents refuse de descendre de voiture si Sinatra passe à la radio et que le morceau n'est pas fini. Ce serait manquer de respect au chanteur. Le père de sa petite amie, qui l'a raccompagné, doit entendre* Young At Heart *jusqu'à la dernière note.*

Nous aussi, nous aurions voulu que le voyage fût sans fin, que les chansons s'enchaînent les unes aux autres. Pourquoi la vie ne ressemble-t-elle pas tout le temps à un standard de Sinatra ? Mais l'heure du retour arrive toujours trop tôt. On finit chaque fois par rentrer à la maison.

Les sauter toutes, les mères, les filles, les sœurs, les cousines et les épouses. Quoi d'autre ? Elles étaient toutes d'accord. Bordel, mais il était un dieu ! Les mères auraient voulu se réveiller dans ses bras. Leurs filles rêvaient de se faire dépuceler par lui. C'était excitant de les entendre parler de ça. Elles poussaient des soupirs lascifs et désolés. Frank possédait l'odeur forte et grisante de la célébrité. Sa peau devait dégager une chaleur fiévreuse. Frank, oh, Frankie ! Elles seules pouvaient le comprendre. Elles seules sauraient le protéger. Elles se tortillaient sur leurs canapés, entouraient d'une paume arrondie le combiné du téléphone. *Chut, ils pourraient nous entendre* (« ils » : les parents, les maris). Elles donneraient leur vie pour quelques heures avec lui. Une nuit, elles n'osaient y compter. *Jure-moi que tu ne répéteras ça à personne. Tu le jures, hein ?* Des gloussements fusaient. Elles battaient des mains en criant comme des folles. Elles n'étaient plus du tout des dames comme il faut. Le désir les remplissait de fond en comble. Leur ventre était au bord de l'explosion. Pour commencer, il allumerait leur cigarette avec ce sourire qui les tuait d'avance. C'est pour lui qu'elles se maquillaient, restaient des heures bouclées dans la salle de bains, se ruinaient en cosmétiques et en disques vinyle. *Dis, Frank, est-ce que tu aimes mon rouge à lèvres ? S'il te plaît, dis-moi que tu l'aimes.* Elles fermaient les yeux et imaginaient ce que cela ferait de l'embrasser. Mon Dieu, elles ne devraient pas faire des choses pareilles ! Mais elles périssaient d'ennui dans leur banlieue bien peignée. Leur respiration s'accélérait. Le sang tapait dans leurs veines. Elles écrasaient nerveusement leur mégot. Elles se parlaient à elles-mêmes, à voix basse, comme des actrices de cinéma, ces filles innombrables avec qui Frank avait couché. La chance qu'elles avaient, celles-là. Elles ne se rendaient pas compte. Elles prononçaient son nom avec une voix si humide que c'en était presque embarrassant. Frank Sinatra : elles avaient de lui une image incertaine. Leur mariage, il n'en aurait fait qu'une bouchée. Des centaines, des milliers de fois, elles s'étaient préparées au miracle. En même temps, son seul contact les aurait paralysées. Elles voyaient la scène : debout devant lui dans une chambre d'hôtel, silencieuses, émues, terrifiées, en soutien-gorge et petite culotte, les pieds en dedans. La télévision marchait fort. Pas un mot ne leur venait, aucun de ces serments qu'elles se murmuraient le soir, pour elles, rien que pour elles. Bénies et incrédules, elles haletaient d'appréhension. Leur beauté avait quelque chose de lumineux et de maladroit. D'un simple geste, il leur ordonnait de se déshabiller complètement. Elles avaient un petit rire nerveux. Il aimait entendre les femmes rire, surtout celles qu'il n'avait pas payées pour ça. Leur timidité l'amusait. Ça y était. Elles n'arrivaient pas à y croire. Une bouffée de désir et de culpabilité leur serrait la gorge. Elles se glissaient dans les draps. Il approchait. Ça y était vraiment. *Je suis dans le lit de Frank Sinatra.* C'était là. *Oooouuuuhhhh.* C'était là plus d'une fois. La torture était trop intense. Elles pourraient, oui, lui sacrifier leur famille, leur réputation, brader pour lui leur virginité. Les bras de Frank Sinatra. La bouche de Frank Sinatra. Les hanches de Frank Sinatra. Ce corps sec et musclé. Il leur disait *honey*. Il leur disait *baby*. Il disait ça avec la voix de Frank Sinatra, sa vraie voix qui s'éteignait dans un baiser. Ses côtes saillaient sous sa peau. Elles sentaient son souffle imprégner leur visage en feu. Ses cheveux touchaient leurs joues. Elles caressaient ses doigts. Son front luisait de sueur. Il avait ce regard fixe et très bleu, ailleurs. Elles auraient dit oui à n'importe quoi. La nuit emportait leurs paroles. Une sensation de joie infinie s'emparait d'elles. Elles avaient envie de le sauver. Telle serait leur mission. Elles jureraient de ne rien dire à personne. Ce serait la promesse la plus dure à tenir qu'elles auraient jamais faite. Comme si elles avaient la moindre idée de l'existence qu'il menait. Elles ne voulaient évidemment pas savoir ce qu'il trafiquait. Voilà la vérité. Elles préféraient ne pas y songer. Sinon, elles auraient aussitôt fondu en larmes. Elles ne quitteraient jamais leur bonheur misérable, connaîtraient la banalité résidentielle jusqu'à la fin de leurs jours.

A ma droite, le chanteur inégalé, le brave type loyal en amitié, le copain des présidents, l'honorable père de famille.

A ma gauche, le caractériel, le mafioso, le voyou mal dégrossi.

Sa douceur était trompeuse. Sa voix suave était sous-tendue par tous les démons qui s'agitaient à l'intérieur. Son sourire était capable de signifier les promesses les plus contradictoires. Ses yeux bleus disaient aux femmes qu'il allait les protéger. En même temps, elles pouvaient y lire qu'il avait envie de les baiser jusqu'à l'os. Avec lui, la violence était toujours là, sous-jacente. Ceux qui l'avaient offensé se faisaient mystérieusement démolir le portrait par des inconnus en récupérant leur voiture sur le parking. Les victimes de ses éclats retiraient leur plainte comme par magie. Souvenez-vous que la mère de cette boule de nerfs avait l'habitude de pratiquer des avortements clandestins à une époque où aucune femme ne se serait permis de sortir les bras nus.

On ne sait pas trop sur quel pied danser, avec Sinatra. L'homme qui accompagnait le Hollywood Quartet était le même que celui qui traficotait avec Sam Giancana. Sur scène, vous avez une personne touchante, merveilleuse, à qui vous donneriez le bon Dieu sans confession (ce serait un tort). Cependant, il y a toujours quelqu'un pour vous dire : Oui, mais…

Il fait des dons démesurés à des associations caritatives. Parfois, du liquide circule. Il est destiné à des fins moins louables. Une seconde, il vous enchante avec une ballade déchirante avec son incomparable petit sourire. La suivante, il ordonne à ses gardes du corps de dérouiller les chasseurs d'autographes. Le sourire se tord en rictus. Le prince charmant se transforme en méchant de série B.

Son vieux complice, le compositeur Jimmy Van Heusen, disait : « Si j'écrivais un livre sur lui, il irait en prison pour mille ans. »

Bon fils ? Pas de doute : Nancy l'a dressé à ça, il file doux.

Bon père ? Rien n'est moins sûr. Il s'est occupé de ses enfants, mais de loin. Le genre à signer les chèques sans barguigner, mais qui ne veut surtout pas qu'on l'emmerde avec le reste. Il gâte éperdument ses deux filles (avantage : Nancy. Tina n'est pas la préférée), néglige son fils. Il couvre les premières de fourrures, de bijoux. A Noël, le second se contente de bricoles. Frank Junior ronge son frein.

Époux exécrable, cela va de soi. Nancy pleure dans la cuisine. Elle supporte les frasques de son mari, met des années à accepter le divorce. Ava part en lui claquant la porte au nez : *Va te faire foutre, Frankie !* Mia souffre mille et un affronts. Barbara avale les couleuvres avec l'amère certitude qu'elle ne sera jamais remplacée. Quatre mariages et un enterrement.

Pendant la guerre, Frank est réformé. Son tympan. On le traite de planqué. Mauvaise publicité, ça. Sinatra ne néglige pas ce genre de détails. Il effectue une tournée des popotes, chante pour les troupes un peu partout, régale les appelés de concerts sur le pouce. Pas mal, au fond : son tympan perforé ne l'empêche pas d'être le chanteur le plus populaire de son temps et lui permet d'échapper à la boucherie. Il y a un dieu qui veille sur lui. Frank peut dire merci aux forceps du médecin qui présida à sa naissance. Docteur, est-ce que le bébé braillait juste, au moins ?

Dans la vie, l'armée lui a été épargnée, mais à l'écran il ne se prive pas d'endosser l'uniforme. Le costume blanc de marin est celui qui lui va le mieux. Dans *Un jour à New York* (1949), Gene Kelly et lui ont une permission de vingt-quatre heures. Ils bondissent de joie en mettant le pied sur les quais de Battery Park. La ville est trop grande pour eux. Cette journée va être bourrée à craquer. Visite exhaustive de tous les monuments. Ils sont partout à la fois. Ils montent à cheval, prennent le métro, vont à Rockefeller Center. Sinatra a un vieux guide qui date de 1905 où toutes les adresses sont périmées. L'hippodrome où son père lui a conseillé de se rendre n'existe plus. Une femme chauffeur de taxis lui fait un rentre-dedans pas possible. Gene Kelly tombe amoureux d'une affiche qui représente une petite blonde : Ivy Smith, « Miss Tourniquet ». La chercher dans Manhattan va être pour eux une occupation de tous les instants. Au Muséum d'histoire naturelle, ils réduisent en miettes un squelette de dinosaure. La police est à leurs trousses. Rendez-vous au sommet de l'Empire State Building, comme dans *Elle et lui.* Ils dansent, ils chantent, ils sont là pour ça. Tout le monde est aux anges. Musique de Leonard Bernstein. *New York, New York, What A Beautiful Town!* Nous sommes bien d'accord avec eux. *Happy end* à la fête foraine de Coney Island où ils se déguisent en danseuses orientales pour échapper à leurs poursuivants. Il est bientôt six heures du matin. Il faut retourner sur leur aviso. Ça, ils en ont bien profité. Ils n'allaient pas se gêner.

Le cinéma, c'est un peu comme le service militaire en Suisse. On doit rempiler plusieurs fois. Autres occasions où Frank se retrouve sous les drapeaux de Hollywood : *Tant qu'il y aura des hommes, Les diables au soleil, Comme un torrent, La proie des vautours, Un crime dans la tête, L'île des braves, L'express du colonel Ryan.* Comme officier de réserve, on ne fait pas mieux.

Sinatra était incapable de rester seul, mais à Palm Springs son paillasson portait la mention *Go Away.* Dans le jardin, la piscine est en forme de piano. Aux murs étaient accrochés des Picasso, des Dufy, des Corot, des Boudin. Sa collection d'art primitif indien parsemait les pièces. Chaque matin, il hissait le drapeau américain devant sa maison. Il a été démocrate, a soutenu FDR, Truman en 43, Stevenson en 52 et 56. Après, cela change : il sera pour Nixon et Reagan. Pour la réception de Nikita Khrouchtchev à la Fox le 19 septembre 1959, c'est lui qui joue les maîtres de cérémonie. Les services de sécurité l'empêchent d'emmener madame Khrouchtchev à Disneyland. Il a rencontré Brejnev. Il a rencontré Begin. Il a rencontré Sadate. Il a chanté au pied des Pyramides. Il a chanté devant la reine d'Angleterre. Norman Rockwell a peint son portrait (pas terrible, d'ailleurs). Il gardait dans sa poche une clé qui ouvrait les portes de toutes ses résidences. Il n'avait sur lui que des billets de cent dollars. Pas de portefeuille : des liasses serrées dans une pince en or (jamais de cartes de crédit, *of course*). Il sème derrière lui des pourboires invraisemblables, qui le plus souvent sont plus importants que la note elle-même, comme si l'argent devait être gaspillé, servir d'offrande au destin. Et cette manie qu'il avait de remplir les verres de tout le monde en disant : « Ne laissons pas le foie se reposer un seul instant ! » Ses placards renfermaient une centaine de costumes et cinquante paires de chaussures. Il a toujours été contre les drogues. Les savons qu'il passait à Davis quand celui-ci a plongé dans la cocaïne ! Il buvait du champagne avec des glaçons (encore plus plouc, Dean Martin faisait ça avec la bière). Il aimait les pizzas et les tartes aux myrtilles, sans oublier les tartes citron et meringue, son dessert préféré. A Noël, il achetait toujours le sapin le plus moche. Il était le parrain d'une des filles d'Orson Welles. Sujet au vertige, il réservait toujours ses chambres d'hôtel au rez-de-chaussée ou dans les étages inférieurs.

Ce Sagittaire est maniaco-dépressif (on dit ça comme ça). En 1954, il prend rendez-vous avec Ralph Greenbaum, le psychiatre de Marilyn. Cela dure trois mois. Il annule les séances après avoir obtenu son oscar : « Je n'ai jamais cru à ces bobards. » Les divans sont faits pour un autre usage que raconter son enfance à un charlatan.

Avec la presse, ça n'a jamais collé. Il n'a jamais su s'y prendre comme Dean Martin qui ne lisait même pas ce qu'on écrivait sur lui, qui était réputé pour n'avoir ouvert qu'un livre dans sa vie : *The Black Stallion*. Frank Sinatra n'aimait pas ce qu'on écrivait sur lui. Il n'aimait pas qu'on écrive sur lui. Qu'ils lui fichent la paix, tous ! Qu'ils laissent le fric rentrer, les groupies frapper à la porte de sa loge et qu'ils ne s'occupent pas du reste. La moindre pique le hérisse. Une légère réserve, et le voilà hors de lui. A l'entendre, il était ce gentil Italo-Américain qui se régalait de spaghetti confectionnés par sa *mamma*, un gars ordinaire – *an average guy* – qui se souciait de son entourage, faisait son boulot de son mieux, pour qui la famille était sacrée. Les célébrités les plus dépravées sont coutumières de ce coup-là. Son gros handicap : il ne peut pas tenir sa langue. Le silence n'est pas une vertu d'Hoboken. Il faut vraiment qu'il soit appelé à déposer sous serment pour apprendre à la boucler. Dans ces cas-là, il n'en dit pas assez et, du coup, se rend suspect. Qu'il tombe à l'improviste sur quelqu'un dont la tête ne lui revient pas, et ce sont des injures de bas étage, un langage de charretier. Adieu la voix de velours et les serments murmurés. Pas une once de glamour dans tout ça. Sinatra n'a pas attendu les dialoguistes des « Sopranos » pour parsemer sa conversation de *fuck* divers et variés. L'homme qui chantait *Once Upon A Time* pouvait traiter un inconnu de tous les noms, balancer de terribles insultes racistes, démolir le portrait d'un pauvre inconscient qui avait eu le malheur d'être là au mauvais moment. Les incidents rempliraient des volumes.

Pour lui, noir sur blanc, toutes les vérités ne sont pas bonnes à dire. Il a tendance à confondre journalisme et publicité, interview et descente de police. Cela avait commencé avec Elsa Maxwell en 1943. Visiblement, les *bobby-soxers* n'étaient pas la tasse de thé de l'échotière, ces « déséquilibrées qui se pavanent nues, sans la moindre honte, pour entendre les chansons sirupeuses et bêtifiantes d'un homme ressemblant à un joueur de basket de deuxième ordre». Elle fut la première d'une longue liste. Avec Sinatra, ça n'était pas compliqué : les hommes, il menaçait de leur casser les jambes à coups de batte de base-ball – les femmes, il se contentait de les traiter de putes.

En 1946, il est élu «star la moins coopérative» par le Club de la Presse féminine de Hollywood et Louella Parsons se fait l'écho de ses démêlés avec la MGM sur le plateau de *It Happened in Brooklyn*. Ça ne traîne pas. La dame reçoit un télégramme très sec de Frank, qui l'autorise à le publier dans ses colonnes. Elle s'en gardera bien. Juste un télégramme, sans injures : avec les manières de Frank, on peut presque appeler ça une faveur. Lee Mortimer n'eut pas droit à ses égards : en 1947, Frank le boxa devant le Ciro's après l'avoir honoré d'un *fucking homosexual* qui avait en plus le défaut d'être un pléonasme. Pour faire bonne mesure, après la mort de Mortimer, il alla pisser sur la tombe de celui-ci un soir de cuite.

Humphrey Bogart dira : «Le paradis, pour Sinatra, c'est un endroit où il n'y aurait que des femmes et pas un journaliste.»

Dorothy Kilgallen, chroniqueuse de la presse Hearst, fut une des bêtes noires de Frank. Elle révèle la nouvelle adresse de Sinatra à New York quand il déménage. La série « La véritable histoire de Frank Sinatra », en 1957, met le feu aux poudres. Dans un night-club, Frank croise la journaliste qui porte des lunettes noires. Il s'arrête devant sa table et dépose un billet d'un dollar dans sa tasse de café. « J'ai toujours cru qu'elle était aveugle. » Quelques années auparavant, Kilgallen avait reçu une pierre tombale miniature gravée à son nom. Agréable. En concert, Frank a pris pour habitude de s'égarer dans des digressions désobligeantes sur son physique, entre deux chansons. En 1961, il va jusqu'à lui consacrer vingt minutes de son spectacle. Il vise tellement bas que les critiques se rangent du côté de Kilgallen, et rappellent que Frank n'est pas exactement un prix de beauté.

Autre victime de ses foudres : Maxine Cheshire. Celle-là non plus, il ne l'a pas lâchée. Le 19 janvier 1973, dans le hall du Fairfax Hotel, à Washington, il la qualifie de « chatte à deux dollars ». Peu de temps après, il accepte de s'excuser sur scène. Ce sont des excuses à la Sinatra : « J'ai eu tort et je m'excuse. En réalité, c'est une pute à seulement un dollar. »

En 1974, il annule une tournée en Allemagne parce que les journaux de là-bas ont fait allusion à ses accointances avec la pègre. Frank leur rappelle leur passé nazi. La situation se reproduit – en pire – durant sa tournée australienne de 1974. A Sydney, il refuse de répondre aux questions de la presse. Durant le concert, l'attaque fuse : « C'est un ramassis d'abrutis et de parasites qui n'ont jamais rien fait de leurs dix doigts. » Pour pimenter la sauce, il les traite de « pédés ». Les journalistes femmes, elles, sont gratifiées de leur rituel « putains à deux dollars et demi ». On constatera que les tarifs varient selon l'humeur et la géographie. Scandale national. Le cher Frankie a un peu oublié qu'il n'était pas aux États-Unis. Les Australiens ne sont pas rodés aux débordements du crooner. Le pays entier se ligue contre lui. Sinatra est bloqué dans sa chambre d'hôtel. Le room-service se met aux abonnés absents. Pas question pour les grooms de lui porter ses valises. Tous les corps de métier croisent les bras dès qu'il demande quelque chose. Son avion personnel reste cloué au sol, privé de carburant. Le gouvernement est obligé de s'en mêler. On trouve un arrangement qui satisfasse les deux parties. Sinatra lâche un communiqué vaguement désolé et s'enfuit comme un voleur. Il ne remettra plus les pieds en Australie.

Dans les années quatre-vingt, il continua sur sa lancée, choisissant principalement pour cibles des journalistes féminines. La réplique de Liz Smith fut cinglante : « Pourquoi cette grosse brute ne la ferme-t-il pas et ne se contente-t-il pas de chanter ? » L'échotière écopera en échange d'un *dumpy, fat, ugly broad*. Banal.

1982 fut une très bonne année : il injurie Dan

Rather et décrit Barbara Walters comme *a pain in the ass*. Sa fureur atteignit des sommets lorsqu'il eut vent du projet de Kitty Kelley. Celle-ci était en train de rédiger une biographie non autorisée. Frank l'assigne aussitôt en justice pour la stopper dans son entreprise. Atteinte à la vie privée, invoque-t-il, et selon lui cela vaut deux millions de dollars de dommages et intérêts. Les tribunaux le déboutent. Frank n'aime pas ça. Il n'aime pas perdre, surtout la face. Quand Kelley laisse entendre qu'il aurait eu une «affaire» avec Nancy Reagan, sa réaction est à la hauteur du personnage : «J'espère que la prochaine fois qu'elle traversera une rue, quatre aveugles arriveront au volant de leur voiture.» En 1977, il avait déjà proposé à Elvis Presley d'user de son influence pour bloquer la sortie d'une biographie salée qui lui était consacrée. Ce dernier avait décliné. Il avait autre chose à faire : mourir un mois plus tard.

Assagi ? On aurait pu le redouter. Un Sinatra navré fait amende honorable : «J'aimerais présenter mes excuses à toutes les putains, ces madones du soir, pour les avoir comparées aux femmes journalistes. Ces dames vendent leur âme. Qui, d'ailleurs, voudrait de leur corps ?» Jeu, set et match. C'est tout lui. Ce type-là est incorrigible.

Cela ne l'empêche pas d'incarner un journaliste dans *High Society*, remake paresseux d'*Indiscrétions*. Sinatra entre dans la peau de Mike Connor, qui travaille pour *Spy*, une feuille à scandale. La très WASP Grace Kelly va se remarier à Newport, et Connor est chargé de couvrir l'événement. Il arrive dans la superbe propriété en taxi, avec sa photographe attitrée, une blonde en tailleur qui en pince pour lui. Il porte un chapeau noir à ruban blanc et a tout de suite des vues sur Grace Kelly qui conduit pied au plancher son cabriolet Mercedes. Nous sommes chez les vrais riches. En contemplant les cadeaux rassemblés dans une pièce prévue pour, Sinatra se lance avec la photographe dans le fameux *Who Wants To Be A Millionaire?*

Dans la maison voisine, Bing Crosby ronge son frein. C'est l'ex-mari de Grace Kelly. Il organise un festival de jazz dont la vedette est Louis Armstrong, avec sa trompette et son inséparable mouchoir blanc. Crosby offre à Grace Kelly une reproduction du *True Love*, le bateau sur lequel ils avaient passé leur lune de miel. Ce choix en dit long sur les sentiments qu'il éprouve encore. Pour l'occasion, Grace Kelly invente l'adjectif *yar*, qui signifie «mince», «racé». Le cinéma est fait pour enrichir notre vocabulaire. *Yar*.

La veille de la cérémonie, la future mariée boit trop

de champagne aux côtés de Sinatra. Frank lui chante *You're Sensational*. Ils s'embrassent deux fois, prennent un bain de minuit, perdent un peu la tête. Il lui susurre à l'oreille *Mind If I Made Love To You*, que les sous-titres traduisent pudiquement par « cela vous ennuie si je vous parle d'amour ? ». Frank oublie sa montre au bas du lit de sa conquête. Elle l'écrase en se levant le matin. Grace Kelly a la plus belle gueule de bois de toute la côte Est. *Yar.*

Les surnoms dont on l'a affublé : « The Voice », « l'Homme à la voix d'or », « The Chairman of The Board », « Ol'Blue Eyes ». A Hollywood, droit au but, il est tout simplement « The Dick ». La traduction se dispense de dessin. Sinatra est réputé pour être un mâle aux proportions légendaires.

Le cinéma n'attendait que ça. La Voix avait aussi un visage. En 1943, il signe un contrat de sept ans avec la RKO. Il tourne avec Michèle Morgan *Higher And Higher*. A la MGM, il fixe sur la porte de sa loge la liste des actrices qu'il souhaite séduire. Il raye les noms un à un, une fois l'affaire conclue, comme un chasseur de primes grave une encoche sur la crosse de son revolver à chaque victime.

Sur l'écran, il fera tout. Psychopathe dans *Je dois*

tuer, pianiste dans *Young At Heart*, chirurgien dans *Pour que vivent les hommes*, imprésario dans *Tendre piège*, patron de salle de jeu dans *Blanches colombes et vilains messieurs*, batteur de jazz drogué dans *L'homme au bras d'or*, marin dans *Escale à Hollywood* avec Gene Kelly. Sur le plateau de *High Society*, on le surnomme Dexédrine.

En 1955, *Carrousel* doit être tourné à la fois en 35 mm standard et en 55 mm avec deux caméras. Frank ne veut pas en entendre parler : «Je ne ferai pas deux films pour le prix d'un.» Il tire sa révérence. Le studio le remplace par Gordon MacRae.

En 1958, le producteur Raoul Lévy voulait le faire jouer avec Bardot dans *Paris By Night*, une improbable comédie musicale. Steinbeck était censé écrire le scénario. Le projet tombe à l'eau. Sinatra refuse de quitter les États-Unis et B.B. n'envisage pas une seconde d'aller à Hollywood.

Dans *La blonde et la rousse*, il adorait tellement son costume bleu marine qu'il ne voulait pas mettre de manteau par-dessus. C'est pour ça qu'il le posait sur son épaule. L'attitude est restée mythique.

Il descend du train. A San Francisco, personne ne veut lui donner de travail. Dans *La blonde et la rousse*

(1957), Sinatra est chanteur. Dans la première version du scénario, son rôle était celui d'un danseur, mais Frank a exigé qu'on modifie tout cela. Danseur ? Et avec un tutu, sans doute ? Il finit par dénicher un engagement au Barbary Coast. Rita Hayworth est Mrs Simpson, une milliardaire. Frank la reconnaît : avant, elle s'appelait Vera Vanessa et chantait dans les boîtes. Un riche mariage a changé son statut. Le passé, elle voudrait bien l'effacer. Frank lui chante *The Lady Is A Tramp.* Avec l'argent de la rousse, Frank ouvre son propre club, « Chez Joey », mais il est amoureux de la blonde Kim Novak, même s'il feint de ne jamais retenir son nom : « Miss... English. » Une bévue dont le vrai Sinatra était coutumier, pas le style à se souvenir du nom des filles avec lesquelles il a envie de coucher. Pour quoi faire ? Dégage, poupée.

En 1964, il manque de se noyer sur le tournage de *None But The Brave (L'île des braves),* qu'il réalise lui-même. Il en voudra terriblement à son sauveteur. Dire merci lui arracherait la gorge.

A la fin de sa vie, il se repassait *Comme un torrent* jusqu'à la nausée, seul ou avec des amis. Qu'est-ce qu'il avait d'autre à faire ?

Le technicolor vous saute au visage. Dans le Greyhound qui le ramène de Chicago, un soldat dort joue contre la vitre. Sinatra est en uniforme beige sable, cravate et calot. Saoul, il a demandé à Shirley McLaine de l'accompagner. Retour à la case départ : il rentre dans sa ville natale. Pour l'instant, il préfère descendre à l'hôtel. Il s'était toujours promis de prendre la meilleure chambre s'il revenait un jour. Il ordonne au réceptionniste de lui apporter deux bouteilles de whisky, « n'importe quelle marque » (dans la vie, Sinatra était plus vétilleux : il ne tolérait que le Jack Daniel's). Sa poche contient une lettre de crédit de 5 500 dollars. Dans son sac de toile kaki, on répertorie des volumes de Faulkner, Steinbeck, Hemingway, Fitzgerald et Thomas Wolfe. Il y a aussi, tout écorné dans une chemise, un manuscrit inachevé. Dave Hirsch est écrivain. Il a publié un roman sur sa famille. Succès, puis panne d'inspiration. On ne l'avait pas revu depuis seize ans dans les parages.

Dans un bar, Dean Martin lui offre un verre. « Moi je sais boire, toi tu sais écrire. » Ces présentations sont suffisantes. Dans *Comme un torrent* (1958), Dean Martin ne quitte jamais son chapeau, même pour se raser. Frank laisse un pourboire au garçon en disant : « Tenez, payez-vous une maison de campagne. » Il revient chez lui et comprend très vite pourquoi il en était parti.

Dans la boutique de bijoux que tient son frère, il commente en regardant la secrétaire : « Il y a de jolies choses, chez toi. » A l'une de ses lectrices, il répond : « Il est fréquent qu'on m'admire avant de me connaître. » Sa lucidité lui sert de passeport : « Un peu de talent chez un auteur vaut à peu près autant qu'un peu de talent chez un chirurgien du crâne. » Il joue au poker, drague une prof de *creative writing*, passe une nuit au poste après une bagarre, se marie par dépit avec cette gourde de McLaine. Le film est tiré d'un roman de James Jones, auteur qui porte chance à Sinatra.

Juillet 1951. *L'Attrape-cœur* sort dans les librairies américaines. Frank ne le lit pas. Pour quoi faire ? Son adolescence, il veut l'oublier. Il est déjà un héros de roman. Rien à faire d'un puceau qui perd son temps à s'inquiéter de savoir où vont les canards de Central Park quand le lac est gelé en hiver. A l'âge d'Holden Caulfield, il ne pensait qu'à se taper des filles.

Ces deux-là étaient faits pour ne pas se rater. Elle sera sa Zelda. Il la croise une première fois en avril 1945 au Mogambo, sur le Sunset Strip. Elle est mariée à Mickey Rooney. Ils flirtent seulement en paroles. Dans le brouhaha général, Frank lui susurre à l'oreille : «Quel dommage que je ne sois pas arrivé avant Mickey ! C'est moi qui vous aurais épousée.»

Le coup de foudre se produit pour de bon à la première des *Hommes préfèrent les blondes* le 8 décembre 1949 à Broadway. Elle et lui sont au diapason. Elle est brune. Elle a l'air de sortir d'une nouvelle de Fitzgerald, une *flapper* dans toute sa splendeur. C'est une grande gueule. Son langage est aussi ordurier que celui de Frank. En face d'elle, il ressemble au loup de Tex Avery. Elle en fait ce qu'elle veut. «*Man, if I could only get her out of my plasma.*» Il se surprend à lui dire des choses qu'il n'avait jamais dites à aucune autre femme. A ce rythme, il craint de lui en dire trop. Il connaissait des vérités qu'il épargnait au reste du monde. Elle l'expédie dans les cordes, le renvoie dans ses 22 mètres. Les copains de Frank ne l'ont jamais vu comme ça. Métamorphosé, leur vieux pote. Ils n'en croient pas leurs yeux.

Elle est belle. Elle est riche. Elle a du succès. Cette fille de Caroline du Nord a fui les champs de tabac pour surtout ne jamais y retourner. Elle s'appelle Ava Gardner. Les producteurs sont à ses pieds. Quand on lui demandait : «Combien de maris avez-vous eus ?», elle répondait : «Vous voulez dire : en comptant les miens ?» Sacrée bonne femme. Elle a eu une liaison avec Robert Taylor quand celui-ci était marié à Barbara Stanwyck, a été aussi l'épouse du chef d'orchestre Artie Shaw. Pour la première fois de sa vie, Frank baisse la garde. Il a trouvé quelqu'un à sa hauteur. Elle ne lui fait pas de cadeaux, le traite plus bas que terre, ne supporte pas ses amis de la Mafia. Elle force Frank à se séparer de George Evans, qui s'occupait de sa publicité depuis des années (c'est lui qui disséminait des fans hurlantes dans les premiers spectacles de Sinatra). Il est mordu, jaloux, transi. Elle tourne *Pandora* en Espagne. A l'époque, Tossa de Mar n'est pas encore envahi d'Allemands en tricot de peau. Elle ne se gêne pas pour avoir une aventure avec le matador Mario Cabre. Ni une ni deux, Frank saute dans un avion et débarque sur la Costa Brava. Ava est furieuse. Qu'est-ce qu'il vient faire ici ? Elle ne lui a rien demandé. Qu'il la laisse travailler. Est-ce que, elle, elle grimpe sur scène quand il chante à Las Vegas ? Ava avait un tempérament explosif qui convenait au rôle. Dans le film au technicolor criard, il y a une course de bolides sur la plage, le yacht du mystérieux Hendrick Van der Zee, une corrida. Sinatra se moque de cette histoire de Hollandais volant. Il n'apprécie pas beaucoup qu'on le fasse tourner en bourrique. Sur le plateau, il trépigne. *Pardon, monsieur Sinatra, vous dérangez tout le monde* (les machinistes). Ava le foudroie de ses yeux verts. Une vodka-tonic dans une main, une cigarette dans l'autre, elle le toise en dessinant des ronds de fumée. Pour la calmer, il lui offre un collier de 10 000 dollars. Elle rit en renversant la tête en arrière et on a l'impression que son rire s'adresse aux étoiles.

Frank est au fond du gouffre. La Columbia n'a pas renouvelé son contrat. CBS a interrompu son show télévisé et il vient d'être renvoyé de la MGM à cause d'une remarque déplacée sur Ginny Simms, la maîtresse de Louis B. Mayer. « Aucun sens de l'humour », conclut Sinatra. Sa carrière bat de l'aile. Sur l'affiche d'*Un jour à New York*, son nom figure en dessous de celui de Gene Kelly. En avril 1950, il perd sa voix sur la scène du Copacabana. Diagnostic : hémorragie des cordes vocales. Quand il est à l'affiche du Paramount, le public remplit à peine le balcon. A Times Square, personne ne reconnaît celui qui bloquait jadis la circulation avec les files d'attente à ses concerts. Dans les restaurants, il n'arrive plus à obtenir de table. Ça sent la débâcle à plein nez. L'avenir le regarde d'un sale œil. Dans ses cauchemars les plus affreux, Frank Sinatra n'avait pas prévu d'être un *has-been*. Il ne s'était jamais résolu à ne plus être le boss, celui à qui on obéit au doigt et à l'œil. Un jour, il reviendrait, mais là, le doute n'est pas permis : il est dans les choux, sur le carreau, au 36° dessous.

Des deux, c'est elle la vedette. Frank n'a pas l'habitude. Avant, c'était du monsieur Sinatra par-ci, monsieur Sinatra par-là. Là, il n'y en a plus que pour Ava. Sourire sur les photos à son bras est devenu pour lui un job à plein temps. Il n'apprécie guère. Il saura se venger.

Bref, ça ne va pas fort. A cause d'elle, il fera plusieurs tentatives de suicide. La première compte pour rien : un coup de feu au milieu de la nuit dans sa suite du Hampshire House, à New York. En fait, il a tiré dans un oreiller pour effrayer Ava qui était à l'autre bout du fil. Au Cal Neva Lodge, il avale un tube de somnifères. Une autre fois, il ouvre le gaz dans l'appartement de son ami Manie Sachs, vice-président de RCA. Ne pas oublier le jour où il s'ouvre les veines des poignets chez Jimmy Van Heusen. Ava lui mène la vie dure. Elle le fait marcher. Ils se disputent sans arrêt. Ils se marient quand même, le 7 novembre 1951 (la veille, Ava a failli tout annuler, Frank ayant outrageusement dragué une inconnue sous ses yeux). Un journaliste, à propos de l'événement : « Qu'allez-vous vous offrir ? Des gants de boxe ? » Voyage de noces à Cuba. La presse les surnomme *The Battling Sinatras*. Ava, philosophe : « Il n'y avait aucun problème dans la chambre. On s'entendait très bien au lit. Les problèmes commençaient dès qu'on mettait les pieds dans la salle de bains. » Ils se fâchent, se rabibochent.

Grande réconciliation en Afrique, sur le tournage de *Mogambo,* le 25 décembre 1952, pour le trentième anniversaire d'Ava. Gérard Blain figure au générique. Revenu du star-system, il lâche au cours d'une interview : « Ava Gardner sent des pieds. » John Ford interroge Ava : qu'est-ce qui lui plaît tant chez « ce nabot de 60 kilos qu'elle a épousé » ? Réponse de l'actrice : « C'est très simple : 5 kilos de Frank et 55 kilos de queue. » Tout ça devant le gouverneur britannique.

Il ne peut pas s'empêcher de la tromper. Ava : « Ses dénégations auraient pu lui valoir une nomination aux oscars. » Elle jette son alliance par la fenêtre. Il ne lui pardonne pas – on ne fait pas ce coup-là à un Italien – d'avoir avorté sans l'avertir. En même temps, c'est grâce à elle qu'il revient au premier plan. Ava convainc Harry Cohn, patron de la Columbia, de laisser Frank interpréter Maggio dans *Tant qu'il y aura des hommes.* Au départ, le rôle était prévu pour Eli Wallach. Frank l'obtient pour 10 000 dollars par semaine, tarif dérisoire en comparaison de ce qu'il a eu l'habitude de gagner. «Je l'aurais fait pour rien. Ce rôle était pour moi. » D'autres versions circulent. La version Ava a l'avantage du romantisme. Il y a celle du *Parrain.* Coppola a filmé une scène où le producteur hollywoodien, après avoir ignoré les intimidations d'un mafieux, se réveille avec la tête coupée d'un pur-sang dans ses draps. Il est parfois utile d'avoir des amis persuasifs. Sinatra a toujours assuré n'avoir aucun point commun avec Johnny Fontane, le crooner du film qui a pourtant quitté sa femme et ses deux enfants pour une actrice. Fontane chante au mariage de la fille Corleone. Dans le bureau de Brando, il pleurniche sur son sort. Le cinéma ne veut plus de lui. Les ventes de ses disques sont minables. Sa voix n'est plus ce qu'elle était. Il voudrait relancer sa carrière d'acteur, mais le propriétaire des studios refuse d'en entendre parler. Fontane finira par avoir le rôle en question, et un oscar par la même occasion. Pour expliquer le revirement du producteur, Don Corleone dira seulement : «*I'll make him an offer he can't refuse.*» Dans la réalité, Harry Cohn n'a jamais possédé de cheval de course, mais l'oscar du meilleur second rôle ira à Sinatra pour son interprétation de Maggio. Qu'est-ce qu'on dit ? Merci, Ava.

A la parution du roman *Le Parrain*, Sinatra, très remonté contre l'auteur, avait envisagé de coller un procès à Mario Puzo. Ses avocats l'en ont dissuadé. Les deux hommes ont été présentés l'un à l'autre un soir chez Chasen, le restaurant de Beverly Hills. Initiative saugrenue : sans daigner lever les yeux de son assiette, Sinatra hurle après Puzo, menace de lui casser la figure. Il ne le fera pas, dit-il, par égard pour l'âge de l'écrivain. En fait, Mario Puzo a cinq ans de moins que lui. Cher vieux Frankie. On ne le changera pas.

Sur le plateau de *Tant qu'il y aura des hommes*, Fred Zinnemann s'arrachait les cheveux. Burt Lancaster discutaillait à l'infini et Montgomery Clift méprisait cette attitude. En comparaison, il était facile de travailler avec Sinatra («90 % du temps», nuançait quand même le réalisateur). Clift était toujours prêt pour une nouvelle prise. Frank ne la ramenait pas. Le soir, ils se saoulaient ensemble, accompagnés de James Jones dont on adaptait le best-seller. Frank essayait de joindre Ava au téléphone. Il n'y parvint pas une seule fois. Hawaii-l'Espagne, vous pensez comme la liaison devait être pratique, en ce temps-là.

Tant qu'il y aura des hommes connaîtra un succès phénoménal. Le jour de sa sortie au Capitol Theater de Broadway, les files d'attente sont tellement longues que le directeur de la salle est obligé de rajouter une séance à une heure du matin pour ne pas être lynché par la foule. Peu après, on projettera le film 24 heures sur 24.

Donc, le revoilà en selle. Il fait mentir l'adage de Fitzgerald selon lequel «il n'y a pas de deuxième acte dans la vie d'un Américain». Les choses changent vite. Il redevient odieux. En 53, il était fini; en 54, il a son oscar en poche et *Young at Heart* est numéros un au hit-parade. Ava repasse au deuxième rang. Même si Howard Hughes a des vues sur elle, elle n'est pas sûre d'elle, avec son accent du Sud. «*I'm a fucking fraud*», avoue-t-elle, incertaine de ses talents d'actrice. Frank n'a pas de ces doutes. Il repart pour la belle vie. Il se produit à guichets fermés au Sands de Las Vegas. Ava lui téléphone à trois heures du matin. Elle distingue une voix féminine en fond sonore. Une de ses amies lui suggère qu'il s'agissait peut-être du room-service. Ricanement de l'intéressée : «A trois heures du matin, le seul room-service qu'il peut avoir est entre ses jambes. Je connais mon fils de pute de mari.» Il la trompe avec une Copa girl. Vexant pour Ava : «Si ç'avait été avec une star importante, très bien. Je pouvais m'en arranger. Mais une show girl quand il m'a, *moi*!»

A Madrid, Ava tombe amoureuse du torero Luis Dominguin. Lorsque Frank arrive à Rome où elle tourne *La comtesse aux pieds nus,* pour fêter son trente et unième anniversaire (lui en a trente-huit), Ava est tout sauf enchantée. Frank pique une crise, jette un poste de télévision par la fenêtre, pulvérise les lampes contre les murs. Leur couple a fait son temps. Ava en a par-dessus la tête. Rideau. Frank se console avec Marilyn Monroe qui, de son côté, vient de perdre Di Maggio. Ava Gardner restera l'amour de sa vie. Elle ne se remariera jamais après ça. La MGM fit cadeau à Frank de la statue à l'effigie d'Ava qu'on avait fabriquée pour *La comtesse aux pieds nus.* Il la gardera précieusement dans son jardin, comme une relique.

Quand il épousera une Mia Farrow au crâne rasé, Ava aura ce commentaire : «J'ai toujours su que Frank finirait par coucher avec un garçon.»

Un de ses disques s'intitule *Frank Sinatra Sings For Only The Lonely*. C'est ça! Dans la vie, il ne pouvait pas rester seul plus de cinq minutes. Il ne supportait pas qu'une pièce soit vide. Il faisait tout pour empêcher ça. Il lui fallait quelqu'un pour lui apporter son verre, quelqu'un d'autre pour allumer ses cigarettes. Sinatra est un homme à hommes. Dans son Monopoly personnel, les femmes viennent en bout de course. On n'allait pas les prendre au sérieux, ni en faire un sujet de conversation. L'amitié entre hommes, il n'y a que ça de vrai. Ils l'appréciaient pour ses foucades et sa générosité; ils le redoutaient à cause de ses colères et de ses lubies. Être ami avec Frank, c'était fréquenter une grenade dégoupillée. Souvent, il était d'une humeur de catacombes. Il valait mieux se planquer. Autour de lui, les gens se regardaient comme s'ils étaient étonnés d'être toujours vivants.

Pour lui, il n'était jamais tard. A partir de minuit, ses invités devenaient des otages. Cet insomniaque s'entourait exclusivement d'alcooliques. «Je suis pour tout ce qui aide à traverser la nuit, que ce soient des prières, des tranquillisants ou une bouteille de Jack

Daniel's. » Avec un coup dans le nez, il monte sur ses grands chevaux. Le nombre de photos où on le remarque un verre à la main. Les *saloon songs* avaient sa préférence. *Empty Tables, One For My Baby*, bon sang, quand comprendra-t-on qu'il n'est qu'un chanteur de boudoir ? Quatre heures du matin. Les autres commençaient à montrer des signes de lassitude, à enfiler une manche de leur manteau. « Restez ! » Le ton se faisait menaçant. Frank se resservait un bourbon. Une femme remettait un super-45 tours sur le pick-up. Frank tapait dans le dos de ses vieux potes. Dehors, ils voyaient le jour qui hésitait à se lever. Sortir tous les soirs, rentrer à l'aube avec du rouge à lèvres sur le col de la chemise. Merde, ce type ne dormait donc jamais ?

Dans les années cinquante, il gagne 4 millions de dollars par an. Sa renommée voyageait à la vitesse du son. Durant sa tournée australienne de 1959, il regrette en public de ne pas être venu plus tôt : « Mais j'ai été retenu dans un bar à Honolulu. »

Il vivait dans des hôtels et dans des avions. La limousine se garait sur la piste. Le chauffeur ouvrait la portière et sa bande en descendait. Son jet les attendait. Ils grimpaient un à un l'échelle escamotable. Avec Frank, on ne savait jamais où l'on partait. Il se croyait tout permis. Il ne se limitait pas à son état civil. Il ne dormait jamais. Le décalage horaire était permanent.

Au restaurant, il payait les additions. Il ne laissait ce soin à personne d'autre. Tous ses amis étaient en dette avec lui. Quand elle était là, cela horripilait sa fille Nancy. Les vrais pères ne se comportaient pas ainsi. Les pères ne hurlaient pas de rire, un verre à la main, avec leurs copains de bordée. Les pères ne froissaient pas des poignées de dollars sur des nappes blanches. Les pères lisaient des histoires à leurs filles avant qu'elles ne s'endorment. Les histoires aidaient les filles à oublier l'absence, la solitude. Elles faisaient reculer la peur. Les seules histoires qu'on racontait à propos de Frank s'étalaient à la une des tabloïds. Extinction des feux. *Good night, sweet princess.*

Les enfants, cela s'attend toujours à ce que vous soyez un père alors que vous êtes autre chose : un mirage.

Sinatra appartenait à la catégorie des acteurs qui comptent. Il faisait des entrées. Sa filmographie contient à boire et à manger. Quelques pantalonnades sérieuses, le n'importe quoi, le pire et le (presque) meilleur. Il le sait lui-même, se met en boîte, projette en rougissant des extraits de *The Kissing Bandit.* Il conserve une vieille tendresse pour la série des *Tony Rome* : en tenue de yachtman (falzar blanc et casquette à visière bleue translucide), il recycle le personnage du privé à la Bogart. Sans conviction, mais sans se déshonorer. Mention spéciale pour *High Society*, le remake d'*Indiscrétions*. Frank trouvait que son interprétation de *L'homme au bras d'or* surpassait tout ce qu'il avait fait par ailleurs.

Avec lui, sur un plateau, il n'y a pas un seul instant de repos. Il veut tout régenter. La fébrilité règne. Il donne son avis. C'est quelque chose. Qu'on ne compte pas sur lui pour les répétitions. Pour quoi faire ? La première prise doit être la bonne. Après, il tourne les talons. On ne le rattrapera plus. Sinon, allez vous faire voir. Ce je-m'en-foutisme sera particulièrement flagrant dans les films du Rat Pack. Il s'agit d'imprimer de la pellicule et basta. Frank est très clair là-dessus : « Évidemment, ce n'étaient pas des chefs-d'œuvre. Mais le but n'était pas de refaire *Hamlet* ou *Autant en emporte le vent*. » Les uns et les autres alignent leurs répliques et repartent taper le carton dans leur caravane, cuver leur whisky sur leur divan. Sur un tournage, le réalisateur ne s'adresse pas directement à monsieur Sinatra. Ses assistants transmettent les messages. Il faut user d'infinies précautions. Prudence de rigueur. Une étincelle peut mettre le feu à toute la plaine. Tout le monde se tient à carreau. *Comment est Frank, ce matin ?*

Pour les metteurs en scène, ça n'est pas une vie. Sinatra, si professionnel dans un studio d'enregistrement, se la coule douce devant les caméras. C'est une technique qu'il ne maîtrise pas. Tous ces angles de prise de vue, le son qu'on emmagasine à part, ces indications tracées au ruban adhésif sur le sol. On est là pour faire du fric, oui ou non ? De l'art ? Mes fesses, oui. Sinatra aurait été d'accord avec Mike Nichols pour lequel « vouloir faire de l'art au cinéma, c'est comme jouer Bach à l'harmonica ». Stanislavski ? Qu'est-ce que c'est que ça ? Une nouvelle marque de vodka ? Qu'on ne vienne pas l'assommer avec la Méthode, les jérémiades à la Lee Strasberg. Pour lui, une seule conduite : décontraction garantie. L'Actor's Studio, pitié. Ces foutaises étaient bonnes pour Marlon Brando. Avec celui-là, l'entente n'a jamais été cordiale. Déjà, Frank aurait voulu être Terry Malloy dans *Sur les quais.* A cause de Brando, le rôle du mouchard lui passe sous le nez. Premier grincement de dents. Dans *Blanches colombes et vilains messieurs,* il aurait préféré jouer le personnage de Brando, avoir le rôle chanté de Sky Masterson plutôt que celui de Nathan Detroit. Il a toujours assuré que le film de Mankiewicz aurait été meilleur si la distribution avait été inversée. Brando en train de roucouler, qui a décidé cette ânerie ? Sur le tournage, ils sont à couteaux tirés.

Pendant ses concerts, quand il interprétera *Lucky Be A Lady*, la chanson de Brando dans le film, il ne manquera pas de rendre un hommage ironique à « ce merveilleux baryton » que fut son partenaire. Jeu de scène : il agite son poing fermé comme s'il allait lancer les dés sur le tapis vert.

Par la suite, le fait que Brando ait participé au *Parrain* n'a pas dû arranger les choses. Sinatra qualifiera Brando d'« acteur le plus surestimé du monde ». Hé ho, Frank, doucement. Tu te vois, hein, dans *Le dernier tango à Paris* ? Tu t'imagines avec Maria Schneider et la motte de beurre ? Ou dans *Apocalypse Now*, le crâne rasé, filmé à contre-jour par Coppola ? *L'horreur.* Pas fou, Billy Wilder, qui était pourtant de ses amis, refusera toujours de tourner avec lui : « J'ai peur qu'il détale après la première prise. » Le réalisateur avait eu sa dose avec Marilyn. A l'époque, les studios avaient voulu lui imposer Frank dans *Certains l'aiment chaud.* Ils avaient même pris rendez-vous tous les deux. Frank ne s'était jamais présenté au restaurant. Wilder avait eu chaud. Sinatra en Joséphine ? Personne n'est parfait, mais il y a des limites.

En 1956, défilent dans son lit Judy Garland, Kim Novak, Lauren Bacall. A celle-ci il propose le mariage (elle : « Je dois avoir hésité au moins trente secondes »), puis disparaît de la circulation parce qu'elle a parlé du projet devant la chroniqueuse Louella Parsons. Bacall le gardera en travers de la gorge : elle avait commencé à signer ses autographes «Betty Sinatra». Six ans de brouille.

Il a tout bon. Sa suprématie est écrasante. Il n'y a pas que les disques et les films. La vie qu'il mène ajoute à sa popularité. C'est le genre à brandir un chèque d'un million de dollars en disant : «Voilà ce que j'appelle de l'argent de poche.» Frank est un macho. Les femmes ne servent qu'à une chose – devinez laquelle. Frank a besoin d'une cour, partenaires de poker, compagnons de soûlerie. Il aime être entouré de potes, avoir avec lui des types pour boire des coups et en distribuer, taper le carton ou les importuns. Adulte, ce fils unique recherche la compagnie des frères qu'il n'a pas eus. Alors, avec Dean, avec Sammy, ils s'invitent mutuellement dans leurs shows télévisés, jouant en secret à celui qui se fatiguera le moins.

12 mai 1960. Frank reçoit Elvis Presley dans son émission. Ils sont en smoking. Elvis revient du service militaire et a quitté son uniforme. «The Voice» chante *Love Me Tender;* «The King» *Witchcraft*, un couplet à tour de rôle. On sent qu'ils font tous les deux des efforts. Frank a toujours méprisé le rock'n' roll. Chez

lui, quand ses enfants passaient un disque des Beatles ou des Rolling Stones, il attrapait le disque et le brisait sur son genou. Il était comme ça, Sinatra : partout chez lui.

En 1961, il enregistre son premier album sur son propre label, Reprise : *Ring-A-Ding-Ding*.

Ce qui lui arrivait était invraisemblable. Sa place dans le monde, il ne l'aurait pas cédée pour un empire. A quoi bon ? L'empire, il l'avait : sa maison de disques, sa compagnie de production, ses hôtels, ses casinos, ses trois avions (l'un était baptisé *El Dago*, un autre *Tina*, du nom d'une de ses filles). Du pouvoir jusque-là et des dollars à en étouffer. En prime, une popularité comme il ne devrait pas en exister. Avec lui, l'excès constituait le mètre-étalon. *All Or Nothing At All*. Finalement, tout n'était peut-être pas assez.

Il s'est fabriqué un cœur de pierre. Les plans en ont été dessinés par Ava. Depuis elle, ses sentiments se sont fossilisés. On ne la lui fait plus. Qu'elles essaient, tiens, elles vont être servies.

Dans les années soixante, Frank reçoit Eleanor Roosevelt dans son « Timex Show ». Juliet Prowse danse le cha-cha-cha. La nuit, elle s'initie à d'autres exercices (elle est une des maîtresses attitrées de

Frankie). Lena Horne chante en duo avec lui. Frank ne se casse pas la tête. Il se donne juste la peine d'enfiler un smoking. Ce tic qu'il a de se gratter le lobe de l'oreille droite avec les doigts de la main gauche (Jean d'Ormesson a le même – tous les « Ol'Blue Eyes » ont le même). Il y a des intermèdes publicitaires où un présentateur enferme des montres Timex dans une machine à laver pour montrer qu'elles sont bien étanches. On ne fait pas plus kitsch.

Ensemble. C'était ça le truc : ne pas se quitter. Travailler ensemble. Déconner ensemble. Se faire du fric ensemble. Partouzer ensemble. Las Vegas était leur cour de récréation, leur baisodrome numéro un. Black jack et fausses blondes. Pouffiasses et bandits manchots. Dans les casinos, leur crédit était illimité. Les jetons pleuvent sur les tables. De temps en temps, les croupiers tordent le nez. Ça, ils étaient les rois. Tout leur était permis. Les néons étaient une révélation.

Il y a Frank, bien sûr. Il y a Dean Martin. Il y a Sammy Davis Junior. Ajoutez à la liste Peter Lawford et Joey Bishop, un comique de second rayon : vous avez le fameux Rat Pack au complet. Cette « bande de rats » tutoie ces dieux américains que sont la célébrité et la luxure. Sur la scène du Sands, ils roulent des mécaniques. Leurs costumes sont d'un gris-bleu fluorescent, comme la peau des requins. Dean, le bel indifférent, a la mine chiffonnée de celui qui vient de se réveiller en sursaut et se demande s'il ne vaudrait pas mieux se rendormir. Il tient le haut de son verre entre deux doigts, interroge l'assistance : « Qu'est-ce que font tous ces gens dans ma chambre ? » Le public, ravi, s'esclaffe. Il en a pour son argent. On entend les épouses glousser. Les maris s'étouffent dans leur mint-julep. Ils en redemandent. Souple comme un élastique, Sammy exécute les figures des dernières danses à la mode. Ce sont les champions de la grosse blague et de la camaraderie virile. Le genre à graver l'empreinte de leurs organes génitaux dans le ciment du trottoir devant le Grauman's Chinese Theater. Ils s'amusent et ne pensent qu'à ça, se foutent du reste. Qui va les en empêcher ? Le pays entier essaie d'obtenir une réservation au Copa Bar. Leur ligne de conduite ne s'embarrasse pas de scrupules. Il est obligatoire de fumer (Camel filtres pour Frank). L'alcool est une option hautement recommandée. Chaque soir, on pousse sur scène un bar à roulettes garni de bouteilles qui s'entrechoquent. Ils claquent des doigts dans un présent éternel, un ici et maintenant aux couleurs de nuit. Dans la salle, béats, des hommes de leur âge qui ne seraient jamais comme eux et qui en crevaient d'envie. Le Rat Pack incarne quelque chose de terriblement masculin. Baiser toutes les filles et faire la fête avec ses copains, voilà le rêve de tous les mâles occidentaux en état de marche.

Frank and Co se produisent deux fois par soirée, à huit heures et à minuit : le show dure quatre-vingt-dix minutes, pas une de plus. Dans la journée, ils tournent *L'inconnu de Las Vegas,* sous la direction de Lewis Milestone (direction, c'est beaucoup dire : ils n'en font qu'à leur tête). Le spectacle alterne sketches et chansons. Joey Bishop écrit les textes. L'improvisation coule de source. Les gags s'enchaînent. Les fous rires ne sont pas rares. Tout dépend de la quantité de whisky ingurgitée. On se ressert un verre. Sammy éclate de rire en se tapant des deux mains sur les cuisses. Dean le soulève dans ses bras et dit : «Je tiens à remercier l'Association pour la Défense des personnes de couleur pour ce merveilleux trophée.» Sammy joue souvent la tête de turc. Il sait bien que ses vieux potes ne sont pas *vraiment* racistes, que, grâce à Frank, il est devenu le Noir le plus populaire des États-Unis. Frank a veillé à ce qu'il touche le même cachet que les artistes blancs et c'est Frank qui a réglé les frais d'hôpital lorsque Sammy a perdu son œil gauche dans un accident de voiture. Alors il serre les dents, glisse sur quelques dérapages. Ils peuvent bien l'appeler «Smokey Baby», lâcher : «Il ne fait pas un peu sombre, ici?», Sammy prend les spectateurs à témoin : « Ils sont horriblement gentils, hein ? Et ce sont les meilleurs amis que j'ai ! » Effectivement, ils n'y vont pas de main morte. Le deuxième degré a bon dos. Frank en remet : « Je veux bien chanter avec toi, boire avec toi, faire des courses avec toi, jouer au golf avec toi – *mais ne me touche pas !* » Lawford se tient un peu en retrait. Ça n'est pas un *performer*-né. Il a appris les rudiments, esquisse quelques pas de claquettes, chantonne quand il le faut. Cela ne gêne plus cet Anglais de sortir des coulisses en caleçon et chaussettes. Humour de collégiens.

Le bonheur que c'était. Soirs de première. Public radieux. Dans le noir, un tambour résonnait et on entendait : « Le Sands a la fierté de vous présenter, en direct du bar… » Nouveaux roulements de tambour. Ballet des projecteurs. Musique. Foule tourbillonnante. Dino approche de sa démarche nonchalante en chantonnant *I Love Vegas In The Summer* sur l'air de *I Love Paris.* Pour l'occasion, les paroles sont légèrement modifiées : « *I Love Vegas because my money is here.* » Plus loin : « *Because my blood is here.* » Voilà qui est clair. Dean ne s'embarrasse pas de circonlocutions. Avant, du temps de leur splendeur, quand ils étaient les *entertainers* les mieux payés des USA, il laissait son pote Jerry Lewis le couper au milieu d'un couplet. Maintenant qu'ils sont fâchés, que leur duo appartient au passé, Dean fait ça très bien tout seul, marque une longue pause ironique, simule le trou de mémoire, se glisse dans la peau de l'ivrogne sympathique et indolent, l'Oblomov de la biture. Il s'interrompt pendant le refrain : « Depuis combien de temps suis-je ici ? » Pourquoi s'en priver ? Ça marche toujours. Il poursuit sur sa lancée : « *I Love Vegas like Sinatra loves Jack Daniel's* », en remet une couche : « *I love Vegas when I'm loaded, when I'm not.* » Qu'on se le tienne pour dit. Ils aiment Las Vegas. Ils adorent cet endroit qui a été inventé pour eux. Ils sont chez eux. Que cela soit net et sans bavures. Dean lève un bras, trempe les lèvres dans son verre en essayant de ne pas en renverser une goutte. Il fait claquer sa langue et se tourne vers l'orchestre : « Quel est le titre de cette chanson, déjà ? J'ai oublié. » Rires extatiques de l'assistance. On reprend. Stop à nouveau. Dean interroge les musiciens : « Êtes-vous sûrs que tout le monde joue ? » Une nouvelle rasade, suivie de ce commentaire : « Si je buvais autant que vous le croyez, je serais mort il y a quinze ans. Du reste, je ne bois plus d'alcool maintenant. Je le fais congeler et je le mange comme un esquimau. » Il est aux anges. Ennemi de l'effort, il n'a jamais travaillé de sa vie. Voilà le secret. Passer sa tenue de scène et éviter de faire tomber les accessoires. Ça n'est pas maintenant qu'il va commencer à se triturer la cervelle. Il ne fallait pas y penser. Sinon, on était mort. Cela n'empêchait pas Dean de faire sa prière tous les soirs. Mon Dieu, faites qu'on gagne de plus en plus d'argent, qu'on couche avec des filles de plus en plus belles. Le pire, c'est que Dieu l'écoutait. Il lui parlait d'égal à égal. De temps en temps, cependant, Dean jetait l'éponge, séchait la troisième mi-temps, s'inventait des rendez-vous galants et filait dans sa chambre pour regarder un western à la télévision. Le sexe ne lui déplaisait pas, mais dans le fond le golf était sa vraie passion.

Quand une célébrité est dans la salle, ils la présentent depuis la scène. La lumière se braque sur elle, que ce soit Lucille Ball ou Marilyn Monroe, au premier rang. Deux jours après avoir annoncé sa candidature à la Maison Blanche, John Kennedy est venu. Il n'a pas seulement assisté au spectacle. Les agents de la sécurité ont eu fort à faire. May, la femme de Sammy, est là, toute blonde, suédoise et souriante. Le raffut que ç'a été quand Sammy a voulu épouser ce mannequin nordique : le Singe et la Viking. Jeannie, celle de Dean, bat des mains. On voit briller ses dents blanches. Les silhouettes saluent, se tortillent en ombres chinoises. Il y a Nancy et Tommy Sands, « ma fille et mon gendre », souligne Frank. Dino revient sur son sujet favori et cite le mot de Joey Lewis : « Vous n'êtes pas saoul tant que vous pouvez rester allongé par terre sans vous tenir. » Encore un brin de romance italienne poussée à la paresseuse, *Volare, That's Amore*.

Leur grand jeu consiste à changer les paroles, à rajouter des phrases de leur cru. Qui touche les droits d'auteur, dans ces cas-là ?

Ce vieux Dean. Malgré les suppliques réitérées de Frank, pas question pour lui de soutenir Kennedy. Ni aucun autre. Ça n'était pas ses oignons. La politique, non mais vous l'avez regardé ?

Admirez le résultat. Le séminaire est d'un genre un peu particulier. Quatre ou cinq types à la coule réunis sur une scène du Nevada. Un vague canevas. Des vannes éculées. Quelques chansonnettes à intervalles réguliers. Une dose d'improvisation. Tonnerre de bravos. Davantage de dollars chaque soir. Les limousines arrivaient, déposaient les clients, repartaient en chercher d'autres. Ils voulaient tous être là.

Quand Frank chantait, c'était comme si les notes rentraient toutes seules à l'écurie. Dans sa bouche, elles se sentaient chez elles. Frankeeeee… Pas de doute, c'est lui qui mène la barque. Cela se sent. Cela se voit. Les autres ne mouftent pas. Ce vieux renard. Il les a à l'œil. Il n'y a que Dean pour le mettre en boîte. Il ne s'en prive pas. Sinatra lui a toujours tout passé. Lorsque Frank entonne le début de *It Was A Very Good Year*, vous savez : « *When I was seventeen…* », Dean, caché derrière le rideau, braille : « *You were a pain in the ass !* » Ambiance. Ils démarrent un duo délirant inspiré de *Maria* dans *West Side Story*.

Hé, qui va faire Nathalie Wood ? Dean suggère de trinquer. Frank le rabroue : « La dernière fois que tu m'as préparé un verre, j'ai été HS pendant une semaine. »

Parfois, ses multiples obligations appellent Frank ailleurs. Dans le lobby, une affiche proclame : « *Sorry! Frank Sinatra will not appear at this performance.* » On entend d'ici les « Oooohhhhh » de déception. Tomber sur un soir sans Sinatra était une foutue déveine. La mine que tiraient les épouses. Six pieds de long. A l'extérieur, il arrivait qu'on lise sur la marquise du Sands (les lettres noires proclamaient modestement : *A Place In The Sun*) :

DEAN MARTIN

MAYBE FRANK MAYBE SAMMY

Ils ne détestaient pas jouer sur le suspense, réserver des surprises. N'oublions pas qu'ils étaient en terrain conquis… A Las Vegas, ils débarquaient et c'était les pieds sous la table. Même Sammy était dispensé de la ségrégation qui régnait partout ailleurs dans le pays. Dans son tour de chant, il pouvait reprendre *All The Way* avec les accents de Nat King Cole, de Tony Bennett ou de Jerry Lewis (Frank : « Jerry qui ? ») Dean Martin avait résumé l'affaire en une formule d'excuse adressée au public : « *Just trying to have a little fun, folks, that's all.* » Dans l'après-midi, ils se rejoignaient au sauna pour éliminer les toxines de la veille.

A deux heures du matin, ils saluent une dernière fois. Dean lance aux clients déchaînés qui réclament encore un instant de bonheur : «Je vous chanterais bien d'autres chansons, mais j'ai déjà eu de la chance de me rappeler celles-ci.» Frank donne le signal du départ. Ils sortent un par un. Les gens sont debout entre les tables. Ils applaudissent à s'en briser les poignets. Ils n'ont jamais vu ça. Ils ne le reverront jamais.

La bringue peut vraiment démarrer. Ils grimpent au dernier étage de l'hôtel. Cinq filles faciles attendent dans l'immense suite. Frank les baisera à tour de rôle. S'il est bien luné, il les proposera aux autres. *Après.* Des niagaras de gnôle submergent les organismes survoltés. Las Vegas est une gigantesque chambre à coucher. Cette meute de pochards irrésistibles en profite au maximum. Sexe crapoteux, chahut généralisé, accumulation de jambes en l'air. Joey va toujours se coucher le premier. Marre de leurs conneries.

La nuit venait et ils s'y préparaient comme à une opération militaire. Étape n° 1 : l'uniforme – smoking de rigueur (en VO, le mot *tuxedo* sonne encore mieux). Étape n° 2 : les cocktails. Ils échauffent le sang, lubrifient les artères. Les voilà sur la rampe de lancement. Accrochez vos ceintures et vos estomacs. Avec eux, l'alcool avait une certaine gueule. Ils pratiquaient une ivrognerie cinq étoiles.

Rat Pack. A l'origine, le terme désignait le groupe formé par Humphrey Bogart et ses amis. Judy Garland s'était instituée vice-présidente et l'agent Swifty Lazar secrétaire. Bogart se chargeait des relations publiques. Les autres membres s'appelaient David Niven, le restaurateur Mike Romanoff, le compositeur Jimmy Van Heusen avec ses chemises hawaiiennes. Leurs statuts : « Soulagement de l'ennui et sauvegarde de l'indépendance. Admiration pour nous-mêmes et indifférence à l'égard des autres. » William Holden, pas toujours aussi bégueule, trouve leur comportement scandaleux.

Frank admirait Bogart. Au passage, il s'envoya Lauren Bacall pratiquement sous les yeux d'un Bogie couvant un cancer carabiné. A la mort de celui-ci, le 14 janvier 1952, il annule ses deux concerts suivants, se fait remplacer par Sammy Davis et Jerry Lewis.

Frank récupère le Rat Pack, modernise le slogan : « Avoir trois verres d'avance sur le monde entier. » Leur foie : dans un état ! Sinatra précise : « C'est juste une bande de millionnaires avec des intérêts communs qui se réunissent pour s'amuser un peu. » Mission accomplie. Ils vont s'en donner à cœur joie. Ils sont sur la même longueur d'onde. La party s'étirera sur plusieurs années. En gros : de la mort de Bogart à celle de

Kennedy. Aucune carte de membre n'est nécessaire. Seules filles tolérées : Shirley McLaine et Angie Dickinson. Certains observateurs parlent du « Clan ». Cela ne leur plaît pas beaucoup. Il y a à cela des raisons évidentes. « Vous me voyez faire partie d'une organisation connue sous le nom de Clan ? » proteste Sammy. Joey Bishop réfute le terme avec son brio coutumier : « Le Clan ! Le Clan ! Le Clan ! J'en ai assez d'entendre parler de Clan. Tout ça parce que quelques-uns d'entre nous se réunissent une fois par semaine avec un drap sur la tête… »

Quand ils ont un engagement au Sands, il n'y a plus une chambre libre à Las Vegas. C'était l'endroit où il fallait être. Les gens arrivaient de partout, déboulaient en ville sans réservation. Ils venaient en train, en car, en avion. Ils dormaient n'importe où, sur les banquettes arrière, dans les salles d'attente, les halls d'hôtel, caressant l'espoir d'obtenir sinon un lit, du moins une table au Copa Bar. Ils ne dormaient pas du tout. Ils avaient tellement peur de rater un morceau de paradis. Ils sont heureux et abasourdis. Ils ont presque hâte de rentrer chez eux pour raconter ce qu'ils ont vu. Ils illuminent la ville de leur émerveillement. Dans quelques années, ils diront à leurs petits-enfants qu'ils étaient là quand c'est arrivé.

La terre entière se déplace pour les écouter. L'employé casse sa tirelire. Le mafieux réclame la meilleure table (*dos au mur, ça va de soi*). Il y a dans la salle de futurs présidents, des PDG, des pontes du syndicat du crime, des stars de l'écran. Les gens auraient dû les mépriser, les jalouser. Au lieu de ça, ils les adoraient. Allez comprendre. Les gogos faisaient exploser leur compte en banque pour pouvoir assister à un de leurs récitals. Ils s'y prenaient des mois à l'avance et leurs femmes les traitaient soudain de minables, refusaient de rentrer avec eux à Cleveland ou à Minneapolis. Les pauvres qui ont connu cette époque regrettaient de ne pas avoir assez d'argent pour en être. Les riches des générations suivantes ont regretté de ne pas être plus vieux pour avoir pu en profiter. Qu'est-ce qui leur restait ? Prince ou Madonna ? Vous rigolez.

Tout ce qu'ils avaient à faire, c'était de se montrer, de se filer de grandes bourrades sur l'épaule, de balancer deux, trois histoires drôles et puis de chanter un peu. Conquis d'avance, le public ne leur en demandait pas plus. Regardez-les donc, Sammy avec sa gueule de travers, ses guibolles montées sur roulements à billes, l'impassible Bishop ne bougeant pas un cil en voyant que ses répliques étaient régulièrement esquintées, Lawford sur son quant-à-soi, n'en revenant pas d'avoir été adoubé par le roi Frank, et Dean titubant dans son rôle de pochard. On le présentait à chaque fois ainsi : « En direct du bar. »

Détail inouï : parfois, Dean Martin buvait du jus de pomme. A cause de la couleur, les spectateurs croyaient que c'était du whisky. Dean avait un répertoire très au point : avoir l'air saoul même quand il ne l'était pas. La technique avait ses avantages. S'il était réellement ivre, on pensait qu'il faisait semblant. Bénéfice total. Dans les deux cas, il demeurait maître de la situation. Ces gars-là étaient des pros. Vous n'alliez quand même pas imaginer le contraire ? Ils se régalent, cela saute aux yeux. Leurs numéros sont rodés au millimètre près. Cela autorise toutes les digressions, facilite tous les dérapages, permet toutes les fantaisies. Leur complicité va de soi. Il se lancent dans des imitations approximatives. Dean, qui a un édredon dans la voix, opte pour Cary Grant et Clark Gable. Sammy, le meilleur dans le registre, choisit Bogart. Frank, lui, c'est Cagney. Ils n'en peuvent plus. Ils se disent que ça n'est pas possible. Ils aiment Las Vegas à la folie.

Ne me dites pas que vous ne trouvez pas ça génial.

Pourquoi venaient-ils tous les voir en chair et en os, alors qu'il aurait été tellement plus simple d'acheter leurs disques ? Sur les disques, au moins, ils terminaient les chansons. Oui, mais là, quand Frank attrapait le micro, attaquait *I Only Have Eyes For You,* ou *I Gonna Live Till I Die,* le brouhaha s'arrêtait net. Plus un éclat de rire. Les gestes se suspendaient aussitôt. Aucun bruit de glaçons. Personne ne songeait plus à boire son verre. Un silence respectueux. Un recueillement de cathédrale. Frank était leur dieu. La Voix régnait. Carl Cohen, le manager du casino, fermait les yeux sur leurs incartades, souffrait toutes leurs extravagances. Les pitreries de Frank and Co faisaient marcher le commerce. Ils attiraient les foules. Les joueurs se précipitaient autour d'eux, misaient comme des cinglés un argent qu'ils perdaient à coup sûr, se ruinaient aux machines à sous. Le Sands se remboursait sur la bête. Le fait est que, sans eux, Las Vegas ne ressemblerait à rien. « C'est le monde de Frank, confie Dean Martin. Nous avons simplement la chance d'y vivre. »

Ils continuent à faire ce que les hommes ne devraient plus faire après trente ans : rire trop fort en public, laisser des pourboires faramineux, pincer les fesses des serveuses, déclencher des bagarres dans les night-clubs, *aller* dans les night-clubs, s'exprimer en argot, boire comme des trous, s'effondrer n'importe où, s'affubler de surnoms, être trop lâches pour rompre franchement, dormir jusqu'à midi, ne penser qu'à *ça.* Ils appliquent à la lettre la réplique finale d'*Autant en emporte le vent : « Frankly, my dear, I don't give a damn. »*

Ils avaient leurs mots de passe, leur langage codé. « Le petit oiseau » désignait le sexe masculin. *Big G*, c'était Dieu. Ils ne disaient pas Jack Daniel's, mais « le carburant». Les filles étaient des *broads*, des pépées, des nanas. *A little hey-hey* équivalait à «un peu de bon temps». A la base, *Clyde* servait à qualifier Elvis Presley. Le terme s'était très vite étendu à tous ceux qui ne leur revenaient pas. Un *Clyde* était un plouc, un minable, un abruti.

Il y a aussi cette grisante odeur de soufre et de crapulerie qui flotte autour d'eux, ce cortège de gangsters aux patronymes colorés, de call-girls qui avaient intérêt à fermer leur gueule, de malabars qui veillaient à ce que tout se passe bien. N'approchez pas trop de Frankie, SVP. Prendre du bon temps était la meilleure des revanches. Revanche sur quoi? Sur qui? Ceux qui le traitaient de Rital à Hoboken?

Ils serrent le monde dans leur poing. Ils font les quatre cents coups, ne dorment jamais. Frank ne veut jamais aller se coucher. Il finit pourtant par y avoir une heure où les bars ferment tous un à un, où prendre un dernier pour la route devient une entreprise de plus en plus hasardeuse. Ils braillent, rigolent pour rien. Les nœuds papillons sont de travers, les pantalons froissés. Ils ont baisé des filles à qui ils n'ont même pas demandé leur nom. Sammy s'assied sur le bord du trottoir. Lawford allume une cigarette. Frank les engueule tous, mais il a oublié pourquoi. Dean a du vomi sur ses chaussures vernies. Il s'en fout. Ou alors il ne s'est aperçu de rien. Ah si, ça y est. Les poings sur les hanches, il voudrait être sûr qu'il s'agit bien du sien. Hé, Dean, pitié. Il est tard. Les autres en ont assez. Sauf Frank. Lui est toujours partant. On y va, oui ? Si on y allait ? Les autres sont exténués. Ils enfoncent les mains plus profondément dans leurs poches. *That's all, folks !* Bientôt, il n'y aura plus que le froid et l'obscurité.

Nom de Dieu, cette fois, ça y est : Jack est président. Sinatra n'attendait que ça. A lui la Maison Blanche. On le charge d'organiser le gala inaugural (les Kennedy lui font gentiment comprendre qu'il vaut mieux se dispenser de la présence de Sammy Davis). Il neige sur Washington et tout le monde est en retard. Frank transpose les paroles de *That Old Black Magic* en *That Old Jack Magic.*

Les vapeurs du pouvoir lui montent à la tête. Il se voit déjà quelqu'un d'important, ambassadeur en Italie, un poste comme ça. Hé, Frank, atterris. Tu n'es qu'un pauvre type d'Hoboken, n'oublie jamais ça – même s'ils font semblant, *eux* ne l'oublient pas. La famille Kennedy va remettre en vitesse les pendules à l'heure.

Peter Lawford, qui était aux premières loges, avait un jugement plus lucide : « Disons simplement que les Kennedy s'intéressent à l'art vivant et que Sinatra est le plus vivant de tous les arts. »

Sinatra ne sera pas longtemps le bienvenu à Washington. Jackie ne tient pas tellement à le recevoir. Elle ne voulait pas que la Maison Blanche se transforme en annexe du Sands. Les infidélités de son mari, elle en avait pris son parti. Les frasques de ses amis hollywoodiens, c'était autre chose. Trop débauchés, trop décadents. Ça, elle ne l'aimait vraiment pas, ce Frank qui se croyait tout permis, qui la reluquait tout le temps avec ce drôle d'air. Pas assez bien élevé. Et puis bon, toutes ces histoires de filles, de prostituées, d'actrices, de serveuses, de starlettes, d'hôtesses, de femmes de chambre. Mauvaise influence sur Jack, définitivement. Le Président n'avait pas besoin de ça. Néanmoins, en 1963, après l'enlèvement de Frank Junior, elle lui envoie une charmante carte de vœux. La veuve récente semble avoir atténué ses griefs.

Lorsque la *First Lady* est absente, le chanteur entre par la porte de derrière (il n'a pas droit aux honneurs du portail officiel). Il ne va quand même pas se cacher dans des sacs-poubelle pour rencontrer Jack dans le Bureau ovale, si ? Pas une fois il ne volera sur Air Force One ni ne sera invité à Camp David. Ce n'est pas parce que John et lui ont partagé les mêmes bonnes femmes, que John a couché avec Judy Campbell, qui est aussi la maîtresse de Sam Giancana, que Frank doit croire que c'est arrivé. D'accord, grâce à ses fréquentations douteuses, il a un peu aidé le candidat démocrate à remporter les primaires dans l'ouest de la Virginie (il est intervenu auprès du Syndicat des mineurs, ce qui n'est pas mince). Bien sûr, le 7 février 1960, le sénateur a rejoint sur la scène du Sands le Rat Pack au complet et *High Hopes* a servi d'hymne à la campagne. Certes, à Chicago, son rôle n'a pas été dérisoire non plus. C'est du passé, tout cela. La politique néglige vite le passé. Là, Frank tombe sur plus fort que lui. Ce n'est rien, d'avoir surnommé Jack « Chicky Baby », d'avoir séjourné à Hyannis Port (tu ne sais donc pas, Frankie, que *tout le monde* a été à Hyannis Port ?), d'avoir navigué sur le *Honey Fitz* (souviens-toi, Frank, c'était presque l'été, à un moment tu avais griffonné un mot à l'attention de Bobby pour qu'il fiche la paix à Giancana, Rubirosa était là, celui dont on disait qu'il était encore mieux monté que toi, qui avait donné son nom à ces poivriers géants que les restaurateurs parisiens déposent cérémonieusement sur les tables).

Hé quoi ? Jack est élu et soudain Frank n'arrive plus à le joindre au téléphone. Il lui laisse des dizaines de messages et le Président ne le rappelle jamais. De qui d'autre tolérerait-il un affront de ce genre ? Après tout le mal qu'il s'est donné pour eux ! Giancana et sa clique ne sont pas précisément des rigolos, vous savez. Ces gens-là risquent de devenir susceptibles, à force, avec Robert qui ne les lâche pas. Écoutes téléphoniques, rapports du FBI, ils sortent le grand jeu. Sinatra se retrouve au milieu. Vous parlez d'une position confortable. Giancana espérait d'autres remerciements. Les conséquences vont retomber sur Frank. Ça ne va plus du tout, ça.

L'événement est de taille. En mars 1962, Kennedy est censé venir passer un week-end chez Frank à Palm Springs. Le crooner ne se sent plus. Des travaux de rénovation de la propriété sont entrepris. On agrandit, on modernise, on construit un cottage pour les membres de la sécurité, on installe des lignes téléphoniques supplémentaires et l'on aménage une piste d'atterrissage pour hélicoptère. Frank ne fait pas les choses à moitié. Tout Hollywood est au courant. On lui a toujours reproché de ne pas tenir assez sa langue. Au dernier moment, Kennedy confie à son beau-frère Peter Lawford le soin d'annuler le programme prévu. Démerde-toi, Peter. Bobby a conseillé à son frère d'éviter ce genre d'invitation. Cela empeste un peu trop le crime organisé à son goût. Plus question de s'afficher avec cette clique-là. Lawford est dans ses petits souliers. Il connaît Frank : sa réaction va être cataclysmique. Gifle suprême : JFK descendra à la place chez Bing Crosby, à deux pas de là. Un républicain, en plus ! La déconvenue est totale. Sinatra ne peut pas masquer sa rage. Il incendie Lawford au bout du fil, raccroche. Il faut se figurer la scène : Sinatra en pull orange, bave aux lèvres, défonçant le bitume en vitupérant la terre entière, sous l'œil éberlué des ouvriers. Ce gros porc de Jack avec sa face bouffie de cortisone.

Frank n'adressera plus jamais la parole à Peter Lawford. Il était vraiment en rogne contre cet enfoiré. Terminé, le Rat Pack, pour celui-là. Adios. Basta. Finito.

Merde à Kennedy. Merde à l'Amérique.

Pourtant, en 1960, Jack avait passé un week-end chez Frank. Il était moins bégueule, alors. Il n'avait pas peur de fricoter avec le show-biz, de fréquenter les night-clubs et de profiter de leurs largesses à tous. Frank ne l'admet pas. Il n'a pas changé – alors, quoi ? Alors Jack est l'homme le plus puissant du monde et ces hommes-là ne résident pas chez les chanteurs qui fraient avec la Mafia. On n'est plus en 1960. C'est loin, Frank, 1960. Sur la porte de la chambre d'amis, une plaque de bronze commémore l'événement : *John F. Kennedy slept here November 6th and 7th 1960.* Devinez quoi ? Frank s'est trompé d'un jour dans la date. Ça ne s'invente pas.

Le charisme de Kennedy. Je t'en foutrai. Peter présentait à Frank des filles que Frank présentait à Jack. Frank faisait le maquereau pour Jack et Peter faisait le maquereau pour Frank. Comme ça, c'est plus clair ?

Dans *L'inconnu de Las Vegas,* Frank a son pull orange avec un col en V. Dans sa première scène, il entre et se sert un whisky sans glace. Pour ça, effectivement, pas besoin de deuxième prise, il sait faire. Pas une goutte à côté. Torse nu, Peter Lawford, qui incarne un fils à maman, est en train de se faire masser sur un canapé. Frank fait des farces au téléphone en maquillant sa voix. Angie Dickinson joue son ex-femme. Elle lui dit : « Je ne veux pas que tu sois parfait. Je veux que tu sois mon mari. » « *What's wrong with a little hey-hey ?* » lui rétorque-t-il.

Un peu de sérieux. Sinatra réunit ses vieux camarades. Ce sont tous des durs, d'anciens parachutistes du 82e Aéroporté (ça a existé, ça ?). Ils décident de dévaliser cinq casinos de Las Vegas la veille du Nouvel An : le Sahara, le Riviera, le Desert Inn, le Sands, le Flamingo. On notera que l'acteur Sinatra ne craignait pas de s'attaquer à un hôtel dont il possédait 9 % des parts : en clair, le Sands cambriolé par son propriétaire. Ils prêtent serment sur une table de billard : onze mains empilées les unes sur les autres. Il faut aller vite. Ils ont chronométré la chanson *Ce n'est qu'un au revoir*, que les fêtards reprennent en chœur juste avant les douze coups de minuit : une minute trente-huit, pile. L'essentiel de l'opération ne durera pas plus. Il leur suffira de plonger la ville dans le noir en faisant sauter un pylône électrique. En bleu de travail, Sammy Davis conduit une benne à ordures. Dean Martin déplace sa grande carcasse. Shirley McLaine, qui a arrosé la nouvelle année avec un peu d'avance, fait une apparition en robe turquoise. La séquence ne sert à rien, à part à embrasser Dino sur le capot d'une voiture, mais McLaine appartient de droit au Rat Pack. Le hold-up réussit au-delà de leurs espérances. Le hic : Richard Conte meurt d'une crise cardiaque dans la rue. Ils planquent donc leur butin dans son cercueil dans l'espoir de le convoyer ainsi jusqu'à Los Angeles. Ils ont simplement négligé un détail : comment auraient-ils pu prévoir que le corps de leur complice serait incinéré ? Au temple, durant l'office, assis sur la même rangée, ils entendent un bruit bizarre en provenance de la pièce voisine, une sorte de ronflement de très mauvais augure. Les têtes se tournent une à une vers la droite. Le regard qu'ils échangent alors… *Ultime razzia, Mélodie en sous-sol* finissent un peu de cette façon.

A la dernière image, ils remontent l'avenue déserte en donnant dans le vide des coups de pied rageurs. Quentin Tarantino se souviendra de la scène pour le générique de *Reservoir Dogs* : ses truands en costume noir et cravate marchent au ralenti sur l'air de *Little Green Bag* par The George Baker Selection. Il n'est pas interdit non plus de déceler l'influence du Rat Pack sur le Leonardo Di Caprio d'*Arrête-moi si tu peux*, avec ses costards sur mesure, ses parties fines, ses bagnoles décapotables.

Le Rat Pack inspira aussi la littérature. Au milieu des années quatre-vingt, la presse américaine regroupa sous la bannière *Brat Pack* (bande de gamins) une cohorte de jeunes écrivains parmi lesquels Jay McInerney, Bret Easton Ellis, Tama Janowitz.

Le tournage, ce fut quelque chose. Le matin, ils arrivent hagards, l'haleine chargée, des cernes comme ça sous des yeux injectés de sang. Comme d'habitude, Frank est intraitable : pas plus d'une prise. Il se pointe à des heures impossibles et parfois ne se montre pas du tout. Ça, il est loin le temps où il était prêt à tous les sacrifices pour figurer au générique de *Tant qu'il y aura des hommes,* comme diviser son cachet par dix pour obtenir le rôle de Maggio. Le réalisateur Lewis Milestone en bave des ronds de chapeau. Il est à côté de la plaque. Au milieu du bordel, il essaie de faire un film. Bon courage ! Comment diriger un acteur qui est aussi votre patron ? Comment s'en sortir quand vos comédiens passent leur temps à organiser des batailles de boules puantes ou de pistolets à eau, à s'asperger avec des siphons d'eau de Seltz ? Dean Martin : « On dit que c'est un boulot difficile d'être acteur. Quelle connerie ! Du boulot, ça ? Mon cul ! » Pourtant, le je-m'en-foutisme des participants cadre avec la morale et l'ambiance du film. L'argot du clan s'immisce dans les dialogues. Richard Conte, après une radiographie, s'inquiète auprès du médecin : « *Is it the Big Casino ?* » Traduction : est-ce que je vais y passer ?

Ça n'a pas été sans mal, mais *L'inconnu de Las Vegas* finit par être en boîte. Lewis Milestone n'est pas au bout de ses peines : son prochain film sera *Les révoltés du Bounty* avec un Marlon Brando qui le fait tourner en bourrique. Après ces deux expériences, Milestone jettera l'éponge. Terminé, pour lui, le cinéma. Il avait des excuses.

Personnellement, je n'ai rien contre George Clooney. Il a du charme, de l'humour, du bagout. Ses cheveux poivre et sel, sa voix de basse ne gâchent rien. Toutefois, reprendre le rôle de Sinatra dans *Ocean 11*, la concurrence est rude. Dans le remake de Soderbergh, Clooney vient de purger quatre ans de prison (abus de confiance). Il sort du pénitencier vêtu d'un smoking. Une seule contrainte : appeler son agent de probation toutes les vingt-quatre heures.

On vérifiera les effets de l'inflation. Clooney projette de ne dévaliser que trois casinos : le Belaggio, le Mirage, le MGM Grand. Le cours actuel permettra à la bande d'empocher la somme de 160 millions de dollars. On notera que la liste ne contient aucune des victimes du précédent hold-up. Les propriétaires ont dû prendre des précautions draconiennes, renforcer à mort la sécurité. Eliott Gould se taille un numéro de choix : cigares épais comme des bras de culturiste, peignoirs hallucinants, chaînes en or sur sa poitrine velue, moumoute aplatie sur le crâne, lunettes noires aussi grandes que des ailes de chauve-souris. Brad Pitt est tout le temps en train de manger quelque chose et porte d'incroyables chemises orange. Julia Roberts en tailleur rouge et talons hauts joue l'ex-femme de Clooney. Clin d'œil au modèle original : on aperçoit Angie Dickinson dans la foule qui assiste au match de boxe.

L'inconnu de Las Vegas triomphe au box-office. Ils décident de remettre ça. Frank est toujours à l'affût d'une occasion de rigoler et de gagner de l'argent – combiner les deux, ce qui est pour lui la définition du cinéma, n'est pas défendu. Un western, cela vous dit, les gars ? Dean, Peter et Sammy sautent à pieds joints sur la proposition. Joey ne tarde pas à leur emboîter le pas. *Badlands* sera un remake du *Gunga Din* de George Stevens. Oui, mais *Gunga Din* se passait aux Indes. Et alors ? Il suffit de transposer l'action au Far West. C'est chose faite, grâce à un scénario de W.R. Burnett, l'auteur de *Little Caesar*. John Sturges, spécialiste du genre, se charge de la réalisation. Le tournage a lieu à Kanab, un trou perdu dans l'Utah. Vous ne connaissez pas Kanab ? Vous avez de la chance. Il n'y a rien à faire, là-bas. Frank et ses acolytes ne vont pas rester les bras croisés. Ils font venir sur place l'alcool par conteneurs, les call-girls par wagons entiers : on leur trouvera un emploi parmi les figurants, et le tour sera joué. Au comptable de la production de s'arranger avec ça. Il y a un problème avec Peter Lawford. A force de picoler, l'Angliche a pris quinze kilos. Frank pousse une gueulante en voyant les premiers rushes. Lawford suit un régime draconien, mais à éclipses. Résultat : à l'image, il apparaît tantôt mince, tantôt gras comme un chapon. Si vous croyez que les admirateurs du Rat Pack vont s'apercevoir d'un truc pareil ! A la demande de la MGM, il faut changer le titre. Va pour *Les trois sergents*. Joey Bishop se réserve le mot de la fin : « Vous auriez dû me prévenir. J'aurais joué différemment. »

« Pas d'ordres, uniquement des suggestions », disait Frank à ses metteurs en scène et à ses maîtresses. L'histoire ne précise pas si, avec ces dernières, il se contentait de la première prise.

Pour *Quatre du Texas,* Frank et Dean se distinguent. Ni l'un ni l'autre n'a appris ses répliques en arrivant sur le tournage dans le désert de Mojave. Frank prévient d'emblée le metteur en scène, Robert Aldrich, pourtant un dur, qu'il ne restera que cinq jours au lieu des dix prévus. Finalement, il disparaîtra au bout de trois jours. Aldrich tempête, charge son assistant d'ordonner à Frank de se présenter le lendemain devant les caméras. Pour toute réponse, Frank poste un télégramme : « Vous plaisantez. » En d'autres termes, sa morale se résumait ainsi : Démerdez-vous.

Le film sera un bide noir. Que se passe-t-il ? Des ombres menaçantes apparaissent à l'horizon.

Ils laissent mourir Marilyn. Peut-être même l'ont-ils laissé tuer. Désormais, la vérité est enfouie six pieds sous terre. On ne saura jamais ce qu'ils ont fait à Marilyn Monroe le week-end précédent, au Cal Neva Lodge. En tout cas, un avion l'a rapatriée en catastrophe à l'hôpital de Los Angeles. Tentative de suicide, coma, lavage d'estomac, tout le tralala. Comme une répétition générale. Que lui avaient-ils donc fait subir pour qu'elle se retrouve dans cet état ?

Indéniablement, il y avait quelque chose de pourri dans leur royaume.

Joe Di Maggio interdit à Frank et à Lawford d'assister aux funérailles. En plus, on prétend que Marilyn écoutait des chansons de Sinatra pendant qu'elle agonisait.

Dans quoi trempaient-ils tous ? Ils avaient d'infimes ou de monumentales saloperies à se reprocher, des secrets honteux dont ils ne parleraient à personne, même ivres-morts. Les plus honnêtes d'entre eux – honnêtes ? les plus faibles, oui ! – s'étaient contentés de détourner le regard. Les plus dégueulasses s'étaient barbouillés de chaos et d'amoralité.

Leurs dollars empestaient. Leur gloire puait la merde. Ça n'était pas beau à voir.

Gene Kelly, qui a derrière lui au moins un chef-d'œuvre, *Chantons sous la pluie,* a manqué de produire et diriger *Robin And The Seven Hoods (Les sept voleurs de Chicago).* Il abandonne avant le premier tour de manivelle, en désaccord avec Frank qui, à son habitude, veut tout régenter. Trop de danses, selon

Sinatra. Kelly ne va pas se compliquer la vie : un show lui tend les bras à Broadway. Que Frank aille se faire voir avec ses caprices.

Le 22 novembre 1963, Kennedy est assassiné à Dallas. La nouvelle tombe en plein milieu du tournage. Frank est anéanti. Une de ses premières réactions consiste à retirer de la circulation *The Mandchurian Candidate* («Un crime dans la tête») où, après avoir subi un lavage de cerveau, un soldat essayait d'abattre un homme politique (il faudra attendre 1988 pour qu'une copie resurgisse). Idem pour *Je dois tuer*, quand il découvre que Lee Harvey Oswald avait vu ce film quelques jours avant l'attentat.

La Commission des Jeux lui retire sa licence du Cal Neva Lodge à cause de ses fréquentations. Giancana avait interdiction formelle de mettre les pieds dans l'établissement.

Le 8 décembre, Frank Junior est kidnappé après son tour de chant au Harrah's Club du lac Tahoe. On l'enferme dans un coffre de voiture. La neige recouvre les routes du Nevada.

Frank reçoit un coup de fil de Robert Kennedy, qui lui certifie que la police fera le maximum pour régler le problème et envoie 248 agents sur l'affaire.

Deuxième appel : Sam Giancana, qui propose à Frank de s'occuper de tout cela de manière plus expéditive.

Sinatra a derrière lui le ministre de la Justice et le chef de la Mafia. Il n'y a qu'à lui que ça arrive.

Les ravisseurs exigent et obtiennent une rançon de 240 000 dollars. Arrêtés, leur défense consiste à prétendre que l'enlèvement était une opération publicitaire destinée à relancer la carrière de Frank Junior. Réaction outragée du papa : « Nous avons autant besoin de publicité que d'une péritonite. »

1963, non, ne fut pas une très bonne année. Dean Martin est de cet avis : « Je crois que le monde est devenu fou. » On n'a pourtant encore rien vu.

Dans *Je dois tuer* (1954), Sinatra ne chante pas. Il a mieux à faire : tuer le président des États-Unis. Le titre original est *Suddenly*, du nom de la petite ville où se déroule l'action. Un Frank Sinatra sur les nerfs se fait passer pour un agent du FBI. C'est une vraie saleté, là-dedans, un rôle malsain à la Richard Widmark, qui savait se rendre antipathique comme tout. Il prend une paisible famille en otage, menace de descendre un gamin de huit ans, bute un membre des services secrets. Sinatra enlève sa veste parce qu'il a trop chaud. Dessous se cachait un holster. On a affaire à un professionnel. Il a déjà tué vingt-sept hommes durant la guerre. Pour cela, il a reçu la Silver Star. Ils attendent tous le train de dix-sept heures à bord duquel se trouve le Président. Suspense. Sinatra n'a pas de motifs bien nobles pour agir ainsi. L'argent, juste l'argent : 500 000 dollars. Nets d'impôts.

Même si on pense avoir tout vu, la réalité peut encore vous surprendre. L'étrangeté des hommes est sans limites. Sur l'écran de télévision, il regarde le film amateur de Zapruder qui est diffusé par toutes les chaînes. Le temps s'est fractionné en dixièmes de seconde. La Lincoln bleue décapotable avance dans le centre de Dallas éblouissant de lumière. Pancartes, trottoirs grouillants, motards en casques blancs sur leurs Harley. Les bras du Président se lèvent. Sa tête est projetée en arrière, en un angle bizarre, anormal. Le gouverneur Connaly se plie en deux sur son strapontin. Il voit Jackie affolée ramper sur le coffre arrière. Son tailleur rose taché de sang et de cervelle. Elle a eu sur ses vêtements des morceaux de cervelle appartenant à son mari ! Frank scrute les images, incrédule, abasourdi. Qu'est-ce que c'était que ce foutu pays où on assassinait les présidents en direct à la télévision ? Ces types commençaient à lui flanquer la trouille. Il les avait fréquentés de beaucoup trop près.

Il fait une croix sur le poste d'ambassadeur en Italie qu'il souhaitait à un point inimaginable. Soudain, il n'en veut plus à Kennedy. Ils ont baisé les mêmes filles. Ils ont menti autant l'un que l'autre, à tour de bras. Ils se sont crus les plus forts, les plus malins. Ils étaient les maîtres du monde. Le monde allait leur montrer, un peu. Entre eux, il y avait désormais une sacrée différence : Jack était mort. Le beau Jack, avec son sourire éclatant, les milliards de sa famille, son frère Bob qui mordait comme un roquet. Nom de Dieu, l'aéroport de Dallas où il avait atterri avec Jackie s'appelait Love Field. Ça ne s'invente pas. JFK était bel et bien mort, la boîte crânienne pulvérisée par une balle de Winchester. Frank, lui, était toujours là. Il allait leur faire payer, à tous.

Mais bon sang, pourquoi Jackie n'avait-elle jamais pu le blairer ?

Dans tous les États-Unis, des millions de téléviseurs étaient allumés. Frank était K.O. Mais le spectacle continuait. Il *devait* continuer. Dans les rues, les gens étaient nerveux. Comme si c'était eux qu'on risquait maintenant de buter. Ils regardait partout à la fois. A qui le tour ? Un continent en état de choc. L'Amérique avait du chagrin. Elle avait surtout la trouille, oui. Il y avait de quoi.

Même Frank n'en menait pas large. Jack : le nombre de filles qu'ils avaient sautées ensemble ! Combien de coups de feu y avait-il eu ? Quatre, cinq ? Six ? Frank règle la climatisation. Il se prépare une aspirine qu'il fait glisser avec une rasade de bourbon.

Il était mouillé jusqu'à la moelle avec un tas de types qu'il ne fallait pas. Des photos en témoignaient. Des rapports du FBI ne laissaient pas le moindre doute à ce sujet. Cul et chemise avec Sam Giancana. Bras dessus bras dessous avec Lucky Luciano. Leur virée à Cuba. Le fric des casinos. L'argent sale des night-clubs. Le miracle de sa carrière. Il était en nage. Cette histoire l'effrayait.

Lui aussi, il s'était mis à détester Jack. Bobby, ça faisait longtemps déjà. Là, il se demandait quoi penser. Et si un journaliste l'appelait et l'interrogeait sur Kennedy ?

Sur l'écran, Walter Cronkite avait annoncé la mort du Président et ôté ses lunettes. Le présentateur était visiblement affecté. L'édition spéciale la plus rude dont il ait eu à s'occuper. Frank baissa le son du téléviseur.

Pourquoi lui avaient-ils laissé la vie sauve ? Avec tout ce qu'il savait, tous les trucs auxquels il avait assisté. Hein, pourquoi ? Ces mecs-là avaient le bras long. Personne n'avait rien à leur refuser.

En juin 1975, on retrouvera dans le sous-sol de sa maison le cadavre de Sam Giancana. Une balle dans la nuque, six autres en pleine figure.

Les archives du FBI concernant l'assassinat de Kennedy regroupent 125 000 pages.

Il n'avait pas intérêt à réveiller les fantômes de son propre passé.

A leur mariage, Dean Martin lui dira : « J'ai un whisky qui est plus âgé qu'elle. » Mia Farrow a dix-neuf ans ; Frank en a cinquante bien sonnés. Elle joue dans *Peyton Place* et fume des joints. Ils resteront mariés un an, quatre mois et trois jours.

Il y a de l'électricité dans l'air, à Las Vegas, ce 19 juillet 1966. Nancy Junior boude. Elle avait été très claire : « Si mon père épouse cette fille, je ne lui parlerai jamais plus. » Quant à Maureen O'Sullivan, dès que la rumeur avait commencé à se répandre, elle avait balayé les curieux d'un « Épouser Mia ? Si Mr Sinatra devait épouser quelqu'un, ce serait moi ! ». Frank Junior, lui, n'était carrément pas au courant. Il a appris la nouvelle par un journaliste. Cher petit papa. Frank Junior chante le soir même et déclare au public : « Je vais consacrer cinq minutes à mon père parce que, comme il me l'a confié une fois dans un moment de faiblesse, c'est exactement le temps qu'il m'a consacré. »

La cérémonie, au son de *Strangers In The Night (Mais qui a écrit cette merde ?)*, a duré quatre minutes. Frank déclare, solennel : « Maintenant, je sais pourquoi je suis né. » Il fait pire : c'est l'époque où il arbore des blousons d'aviateur (cuir noir ou nylon blanc) qui le boudinent terriblement.

La lune de miel se déroule à New York. Pour ne pas déroger à ses habitudes, Frank boxe un photographe.

Elle le baptise « Charlie Brown ». Pour lui, elle est « Face de poupée ». Le 28 novembre 1966, le couple fait partie des privilégiés conviés au bal noir et blanc donné par Truman Capote au Plaza de New York. Frank, qui aurait bien aimé jouer dans l'adaptation cinématographique de *De sang froid*, s'est déguisé avec des moustaches de chat.

Avec Mia, Frank retrouve au lit des ardeurs qu'il avait un peu oubliées. Cette fille aux cheveux rasés, aux robes transparentes, est un Viagra avant la lettre. Mia effaçait Ava – par instants.

Mais qu'est-ce qui lui prend ? Au restaurant, il la laisse en bout de table, rigole avec ses potes sans se soucier de la nouvelle madame Sinatra. Mia fait la tête. Quand il chante et qu'elle est dans la salle, il lui lance au micro des remarques désobligeantes. Elle s'enfuit en pleurant. Qu'elle envisage une carrière à Hollywood lui déplaît souverainement. Il veut une femme pour s'occuper de lui, qui l'attende à la maison. Disputes, envols de téléphone, portes qui claquent, adieux provisoires. Frank l'emmerde, avec ses ultimatums. Elle part tourner *Rosemary's Baby* avec Roman Polanski.

Ils divorcent en 1968. Mia réclame seulement son rocking-chair favori et file se réfugier en Inde auprès du Maharishi Manesh Yogi, le gourou des Beatles. La méditation transcendantale comme remède à un an de Sinatra.

En 1992, lorsqu'elle aura des problèmes avec Woody Allen, Frank lui passera un coup de fil. Veut-elle qu'on lui brise les deux jambes, à ce fils de pute ?

Il n'y a pas eu de Sinatra au féminin. Il ne peut pas y en avoir. Contradiction dans les termes. Essayons, malgré tout. Barbra Streisand ? Vous plaisantez ? Madonna ? Une bonniche mal foutue que ses milliards et ses opérations de chirurgie esthétique n'empêcheront jamais d'avoir des mains potelées aux doigts rougis par l'eau de vaisselle.

Idem pour les Français. On n'a pas d'équivalent. Trenet ? Trop tantouze, une jovialité déplacée. Maurice Chevalier ? Pourquoi pas Aimable, pendant que vous y êtes ?

Montand, peut-être. Chanson, cinéma, politique, Italie, Marilyn, Signoret. A vérifier.

Les Français, il les détrousse. Bons qu'à ça, qu'à se faire piquer « Les feuilles mortes » (*Autumn Leaves*), « Et maintenant » (*What Now My Love*), « Ne me quitte pas » (*If You Go Away*), « Comme d'habitude » (*My Way*).

Le concert est resté fameux. Sur la scène du Sands, en septembre 1966, Frank est accompagné par l'orchestre de Count Basie. Sa première phrase est le bon vieux : «Je veux que tous ces gens quittent ma chambre» suivi d'un «Good Evening. Salute!». Il embraye sur *Come Fly With Me.* En propriétaire soucieux de ses clients, il s'excuse des désagréments occasionnés par la réfection de l'hôtel, se tourne vers Basie et son Steinway : «Basie et moi n'avons pas eu de chance. Dimanche, nous sommes allés au Grand Canyon et c'était fermé!» Entre deux standards, il évoque la figure de son pote Dean Martin. Rien que ce nom déclenche l'hilarité. Qu'est-ce que Frank va inventer? Ça y va : «Vous voyez, Mr Martin tombe beaucoup dans la rue. C'est un ivrogne, un ivrogne absolument inqualifiable. Si on créait une équipe olympique de l'ivrognerie, il serait l'entraîneur. Chez lui, à Beverly Hills, on ne boit pas d'alcool après dîner, mais on ne passe pas à table avant trois heures du matin! Comment voulez-vous dîner quand vous êtes allongé sur le dos dans la salle à manger?» Ah, il se sent bien. Ce coin du Nevada est un terrain familier. Il pousse un soupir d'aise : «Mon corps a peut-être cinquante ans, mais j'en ai vingt-huit.» Il interrompt bientôt son monologue d'un : «Je vais peut-être chanter quelque chose avant d'avoir cinquante et un ans...

pardon, vingt-neuf!» Et c'est *You Make Me Feel So Young*. Chapeau l'artiste. Dans la salle, un type hurle : «Encore une!» Du tac au tac, Frank renvoie un passing-shot le long de la ligne : «Encore une quoi? On n'est pas au bar. Encore une, c'est ce que je vais dire au garçon dans une minute.» Son Jack Daniel's l'attend dans les coulisses.

Avec ou sans glace?

Comme tout était facile, alors. Comme tout semblait évident, éternel.

Les spectacles de Sammy étaient toujours plus longs que prévu. Un soir, Sinatra le fait sortir de scène soulevé par deux vigiles. Le rire braillard qu'il avait.

Avec Dino, Frank organise des concours de pourboires. C'est à qui laissera le plus gros. Les billets pleuvent, à la grande joie des chauffeurs, portiers, serveurs, maîtres d'hôtel, croupiers, bagagistes.

A une soirée arrosée chez William Styron, l'écrivain et le chanteur essaient de téléphoner à Fidel Castro pour se plaindre qu'on ne trouve plus de havanes en Nouvelle-Angleterre.

Ces croulants ont de la ressource. Son fils n'écoute que les Beatles? Dean Martin lui promet : «Je vais éjecter tes petits copains du hit-parade.» Mission accomplie avec *Everybody Loves Somebody*. Non mais.

En 1967, son vieux rival Howard Hughes – celui qui voulait lui piquer Ava, la fille qui dansait pieds nus à Porto Rico – rachète le Sands. Il n'y avait que Rossellini pour détester ce fumier presque autant que Frank : le réalisateur avait interdit à ses proches de voyager sur les lignes de la TWA qui appartenait au milliardaire. Les nouvelles instructions ont été précises : Frank n'a plus de crédit au casino. Il se bat avec Carl Cohen, le manager de l'hôtel, perd des dents dans l'altercation. La réaction ne se fait pas attendre : il traverse la rue et signe un contrat d'exclusivité avec le Caesars Palace. Ce vieux salaud de Hughes qui avait eu une aventure avec Ava. Ça n'allait plus du tout. Las Vegas n'était plus le baisodrome numéro un.

Il enregistre *Something Stupid* avec Nancy en cuissardes blanches (non, ces bottes-là ne sont pas faites pour marcher) et mini-jupe. Ces mots d'amour échangés entre un père et une fille sont considérés comme scabreux par certains qui parlent de chanson incestueuse. Frank rassure Nancy : « T'inquiète, ça va être un succès. » La suite ne lui donne pas tort. Il n'est pas encore ce fossile que ses détracteurs rêvent d'enterrer un peu précipitamment. Il est le plus somptueux des pères œdipiens. Il ne se rend pas compte.

Nancy est plus futée qu'il n'y paraît, avec son nez

refait, ses cheveux péroxydés, son maquillage de petit boudin : « Il n'est pas heureux, mais il ne voudrait changer avec personne, même pour être heureux. » Commentez ce sujet de baccalauréat en dix feuillets.

Il y a aussi des initiatives dont il pourrait se dispenser. A la télévision, aux côtés de The Fifth Dimension, il apparaît en veste indienne à la Nehru. Cette mode ne lui vaut rien. De même, quand il interprète les tubes des Beatles ou de Simon et Garfunkel, cela ne prend pas. Il force sa nature. Il n'a jamais basculé dans le disco. Il y avait des limites, quand même. Mérovingien il est, mérovingien il doit rester. Les hommages, c'est à lui qu'on les rend. Au festival de Monterrey, Jimi Hendrix improvise à la guitare une version psychédélique de *Strangers In The Night*. Plus tard, les Sex Pistols se lanceront dans une version braillarde et déjantée de *My Way*.

4 juin 1968. La campagne présidentielle bat son plein. Robert Kennedy vient de remporter les primaires. Il annonce sa victoire à l'hôtel Ambassador. Une minute plus tard, on le descend en direct dans le couloir des cuisines. *Oh non, encore...*

Il enregistre *My Way* le 30 décembre 1968. Cette chanson va lui coller à la peau. Il ne pourra plus la souffrir. *Qui a écrit cette merde ?*

Quel type, quand même. Ses chansons auront été les sous-titres du XXe siècle.

En 1969, durant leur expédition sur la lune, Neil Armstrong, Buzz Aldrin et Michael Collins demandèrent à la NASA de leur diffuser *Fly Me To The Moon.*

On parlait du Flower Power. A Woodstock, de jeunes bourgeois aux cheveux longs qui avaient peur d'aller au Vietnam se roulaient nus dans la boue en pensant qu'ils étaient des révoltés. Country Joe McDonald leur faisait épeler en chœur les lettres F.U.C.K. C'était grisant. Les hippies, incapables de tenir un stylo ou un fusil, tritureraient seulement un joint entre le pouce et le majeur. Cette conne de Joan Baez – vous vous doutez combien, adolescents, son nom nous faisait rire, à celle-là – chantait la bande originale de *Sacco et Vanzetti*. Pitié. Mieux valait se boucher les oreilles, se réfugier dans sa chambre avec *Exile on Main Street*, le dernier Rolling Stones.

13 juin 1971. Il fait ses adieux officiels au L.A. Music Center. Larmes de crocodile.

A la une de *Life*, il salue les lecteurs, la main gauche levée, en blouson et casquette de base-ball. Un rictus déforme son visage. La photo est choisie. Gros titre : « *Sinatra Says Good-by and Amen.* »

Il se fait pousser le bouc. C'est une mauvaise idée. Il ne sait pas quoi faire pour s'occuper. Il y a des chiens plein la maison.

Il se démène en faveur de Ronald Reagan qui brigue le poste de gouverneur en Californie. Tous ces petits cons qui manifestent en treillis contre la guerre au Vietnam. Sa fille Tina, qui soutient McGovern, est folle de rage. Quand Frank était enfant, « républicain » constituait une injure, dans la bouche de Dolly. En avril 1973, il chante pour Nixon au dîner officiel de la Maison Blanche.

Qu'est-ce que vous croyiez ? Toujours des promesses d'ivrogne. Le 18 novembre 1973, il annonce en fanfare son retour. *Ol'Blue Eyes Is Back.* Le vieil animal reprend ses droits. Un album célèbre l'événement. Sur la pochette, il est en sweat-shirt d'étudiant.

Cette année-là, le Club 500 d'Atlantic City est détruit par un incendie. Seul objet laissé intact par les flammes : le portrait de Sinatra qui trônait derrière le bar.

Quizas, quizas, quizas... *L'album* Español *tourne sur la platine du salon. Mon père écoute Nat King Cole. Mon frère et moi nous foutons de lui. Nous sommes des ânes.*

Le 13 octobre 1974, il est la vedette du mémorable concert *The Main Event,* au Madison Square Garden. Ce soir-là, si vous n'étiez pas autour du ring de boxe, vous n'étiez rien. Plus personne ne vous adressait la parole.

L'année de ses soixante ans, il donne 140 concerts à travers le monde. Cela représente un paquet de bougies à souffler.

Il a réussi. Il a mis le temps, mais il a réussi. *Yes!* Frank passe la nuit du 17 au 18 septembre 1975 avec Jackie Onassis. Dans la soirée, Frank l'a escortée au 21 qui venait d'être rénové. Ensuite – ah, ensuite...

Enfermés dans l'appartement de Frank aux Waldorf Towers, ils ne se sont plus quittés jusqu'au lendemain matin.

Il croit que c'est arrivé, ne touche plus terre, se voit déjà marié avec l'ex-première dame. Il se fourre le doigt dans l'œil. Jackie a eu un moment d'égarement, voilà tout. La famille Kennedy se charge de la rappeler à l'ordre. Elle a oublié qui était Sinatra ? Ses turpitudes avec Jack ? Ses amis épouvantables ?

Frank lui téléphone comme un fou. Elle ne retourne aucun de ses appels. Fin de la parenthèse.

Lana Turner, Marilyn Monroe, Marlene Dietrich, Nathalie Wood, Anita Ekberg, Ava Gardner, Zsa-Zsa et Eva Gabor, Angie Dickinson, Victoria Principal. « Si j'avais eu autant de liaisons que vous m'en prêtez, je vous parlerais en ce moment depuis un bocal de la Faculté de médecine de Harvard. »

1976. Il aurait bien épousé Pamela Churchill Hayward (la future madame Harriman, qui se noiera dans la piscine du Ritz à Paris). A la place, ce fut Barbara Marx, l'ex-femme de Zeppo. Le mariage a lieu presque en douce, trois jours avant la date prévue.

Parmi les invités, on récapitule Reagan, Kirk Douglas, Gregory Peck. Il lui offre une Rolls bleue. Il a droit à une Jaguar grise. Barbara est une blonde choucroutée qui, dans sa jeunesse, a été show-girl. Commentaire de Dolly : «Je refuse qu'une putain entre dans la famille.»

Sur la scène du Téléthon, il réunit sans les prévenir Jerry Lewis et Dean Martin qui ne s'étaient pas vus depuis vingt ans. Malgré leurs rodomontades, le Singe et le Rital ont les yeux humides.

Pendant ce temps, Elvis explosait dans ses invraisemblables costumes blancs à dorures. Ses rouflaquettes lui mangeaient les bajoues. Son estomac était compressé par une ceinture à boucle géante. Le col pochette-surprise lui couvrait les trois quarts de la nuque. Son écharpe lui pendait sur la poitrine, comme la serviette d'un boxeur sonné.

On a du mal, désormais, à l'imaginer autrement que sur ses chiottes, gavé de pilules, suintant de beurre de cacahuète, le froc roulé sur les chevilles.

Janvier 1977. Sa mère se tue en avion. Elle venait le voir chanter au Caesars Palace de Las Vegas. Le biréacteur Learjet s'est écrasé sur les montagnes de

San Gorgonio. Responsable : la tempête de neige. Frank est ravagé. Trois heures plus tard, il se présente quand même sur scène. Il faudra trois jours pleins pour localiser l'épave de l'appareil. A l'enterrement, Sinatra pleurera en public.

Dean Martin, Jimmy Van Heusen portent le cercueil.

La famille, toute droite devant la tombe. Il y a dans l'air et le ciel quelque chose d'oppressant.

Il ne se console pas. Ils avaient le même sang. Elle était l'auteur de ses jours.

S'il s'écoutait, il chronométrerait chaque épisode du jour fatal. Il demanderait quelles avaient été ses paroles, se renseignerait sur les vêtements qu'elle portait, ce qu'elle avait mangé, à qui elle avait téléphoné. Oh, maman, pourquoi avais-tu besoin d'assister à ce concert ? Un de plus.

Il n'arrivait pas à s'isoler de sa douleur.

1978. Frank fait annuler son mariage avec Nancy par l'Église catholique. Barbara a insisté pour avoir une cérémonie religieuse. Les enfants Sinatra sont furieux. Le *Herald Examiner* titre : « Frank a-t-il fait une offre que le Vatican ne pouvait pas refuser ? » Les époux font chambre à part.

Les rebelles sont fatigués. Où est passé leur vigoureux mépris des usages ? En 1979, il chante pour Reagan avec Dean Martin au Boston Music Hall. Dino a eu une brève liaison avec la fille de Bing Crosby. Pouah.

En 1980, durant un concert à Rio qui rassemble 175 000 personnes, il oublie les paroles de *Strangers in The Night*. Le public les lui souffle en anglais.

La même année, il parcourt Manhattan en limousine avec le journaliste Pete Hamill. Il revisite Babylone. Il est venu dire adieu à quelque chose qu'il n'arrive pas à nommer. New York ! On ne pouvait parler de cette ville qu'avec des points d'exclamation. Pourtant, ça n'était plus ça. Il aurait dû neiger. New York était toujours mieux sous la neige.

Ils passèrent devant le Hampshire House. Ava n'habitait même plus les États-Unis. Où était-elle ? Il l'avait perdue, retrouvée, perdue à nouveau. Elle était à portée de sa main. Avec elle, pour une fois, la seule sans doute, il s'était vu dans les yeux d'une femme, ce qui l'avait sauvé. Sans elle, il aurait coulé. Quand on pense qu'il avait tenté de se tuer à cause d'elle. Jamais il n'avait fait ça pour personne d'autre. Elle lui échappait. Il se retrouvait dans ses absences. Il avait honte qu'elle ait eu raison. Elle lui avait appris l'espoir et le regret. Il reverrait toujours son vrai visage, ses audaces de pirate, le geste qu'elle avait pour remonter le col de sa fourrure contre sa joue, sa crinière qu'elle secouait comme un drapeau dans la bourrasque, sa nuque qu'elle tordait pour allumer ses cigarettes. Depuis Ava, il ne croyait plus aux déceptions. Après, ils avaient essayé d'envisager la vie chacun de son côté, en se cognant partout, en faisant semblant d'être heureux. L'oxygène s'était raréfié. Ses doigts ne touchaient plus qu'une sorte de vide. Il se tourna vers son voisin et soupira :

« Cette ville a beaucoup changé. Babe Ruth ne joue plus pour les Yankees et le Paramount n'est plus qu'un immeuble de bureaux. »

Il n'était pas très tard. Il était à peine étonné de voir New York aussi désert. Ou alors c'était lui qui se faisait des idées. Il ne s'y sentait plus réellement chez lui. Où est-ce qu'il était encore chez lui, du reste ? *Y avait-il quelqu'un dans la salle qui puisse lui dire où est-ce qu'il était chez lui, bon sang ?* Du calme, Frankie. Les blocs succédaient aux blocs. Son regard s'attarda sur les lettres rouges du Radio City Music Hall. Il eut envie de dire quelque chose, mais y renonça. Dans quel hôtel descendrait-il ? Il avait dormi dans pratiquement toutes les suites de cette putain de ville. Sur les trottoirs, des femmes aux voix stridentes marchaient d'un pas vif, Nike aux pieds. C'était la fin de l'après-midi et les rues étaient en mouvement. Les vitrines brillaient de toutes leurs lumières. Il avait gâché du temps dans cette ville. Soudain, il se demanda s'il n'avait pas tout gâché, dans sa vie. Les jours avaient passé, les années s'étaient envolées, puis tout s'était envolé. C'était une époque où beaucoup de gens vivaient encore. Il entrait dans les restaurants en regardant droit devant lui – une vieille habitude – jusqu'à sa table personnelle. Partout, il avait son fauteuil dans lequel personne n'avait le droit de s'asseoir, même quand il n'était pas là. Quand il réfléchissait, une ride verticale se creusait entre ses sourcils. Il se souvenait de la nuit où il avait fait semblant de se suicider. Ava, toujours cette garce d'Ava. Il n'avait jamais pu l'oublier. Il aurait voulu revenir en arrière, avoir cette force de caractère. Qu'est-ce que c'était bien, alors. Ils étaient des sortes de rois. La vie commençait à 20 : 30 pm.

Central Park glissa à sa droite, lent et majestueux. Plus tard, ce fut Broadway, si conforme à sa caricature. Times Square, c'était donc cela. Frank reconnut les klaxons, le parfum, les affiches entourées d'ampoules électriques. Une ambulance grilla un feu, toutes sirènes déployées. L'Empire State Building était encore plus laid que d'habitude. Ils longèrent le Madison Square Garden où il avait donné un concert de charité sur le ring de boxe. Tiens, Patsy's, le restaurant où, beau joueur, il avait invité les Yankees à dîner en 1977, après leur victoire sur son équipe favorite, les Dodgers de L.A. C'était le bon vieux temps, quand vous pouviez envoyer chier tout le monde. Ça, il ne s'en était pas privé. Cette époque-là était derrière lui. Ils vivaient comme ça leur chantait. Leurs moyens d'appréhender le monde étaient illimités. Ils attaquaient la vie dans le gras de la bête. Les filles étaient à leurs pieds. Les hommes du monde entier rêvaient d'être comme eux. Seulement, ils ne pourraient jamais. La culture populaire se résume à ceci : à quel mensonge a-t-on envie de croire ?

Quelle injustice d'être né Francis Albert Sinatra. Combien étaient-ils, à vouloir échanger leur état civil contre le sien, à être prêts à tout donner pour se faire tailler les plus belles pipes du Nevada ?

La limousine stoppa au carrefour de la 42e. Un clochard poussait un caddie de supermarché rempli de frusques et de sacs-poubelle bourrés à craquer. Frankie bâilla. La radio diffusa un air de rock. Il coupa le son. Qu'est-ce qu'il était ? Crooner, acteur de cinéma, patron de casinos ou propriétaire d'une maison de disques ? A l'écran, il s'était déguisé en cow-boy, avait porté des costumes à rayures façon truand. Ses vieux amis, il les avait lâchés. Ses rapports avec les autres s'usaient à une vitesse désespérante. Sa jeunesse, il l'avait dilapidée. Il n'y avait que son talent à être resté à peu près intact. Son avenir donnait sur le vide. Il n'avait même plus envie de tirer une pute. Qu'est-ce qu'elle aurait pu lui vendre, sinon le pire d'elle-même ? Manhattan était devenu un labyrinthe. Tout le monde semblait avoir vieilli d'un seul coup. Washington Square était en travaux. Quelque chose de strident retentit dans le lointain. Il ordonna au chauffeur de les ramener.

1981. Il s'inscrit au Parti républicain et anime le gala inaugural de Ronald Reagan. Le jour où un illuminé tire sur le Président, il annule son spectacle au Caesars de Las Vegas.

En 1983, à Las Vegas, il conseille à une croupière asiatique de retourner en Chine. La forme, quoi.

En 1984, il reçoit le Grammy Legend Award. Ses remerciements sont incohérents. Le producteur coupe le micro de Sinatra sans attendre la fin de son discours. Quatre jours plus tard, pendant un concert à Richmond, il s'évanouit au milieu de *My Way*. Est-ce qu'il venait vraiment de chanter cette chanson ? *My Way*, cette musique morte. Une sorte de froid s'était insinuée dans ses veines. Cette chanson divine et mortelle. La reproduction incessante, identique, de cette vieille rengaine. Ça lui pendait au nez. Il ne s'était pas fait mal en tombant. Il gisait seul sur le parquet. Une très fine poussière recouvrait le sol. Cela faisait comme de minuscules vagues grises. Dans sa tête ondoyait un rythme terriblement ancien. *J'étouffe, avec ce nœud papillon*. Si quelqu'un pouvait desserrer le col de sa chemise. Que foutait Junior ? *J'ai soif, tiens.* Il aurait bien bu de l'eau. Il s'imprégnait de faiblesse. C'était si doux. Il était si fatigué, soudain. *Ils ne vont pas m'empêcher de trouver le sommeil, si ?* Il leur chantait depuis trop longtemps une séduction défunte. Il ne remuait pas un cil. Est-ce qu'il avait de la bave aux lèvres ? *Et mon toupet ? Mon toupet n'est pas de travers, au moins ?* Il ignorait les derniers mots des hommes célèbres. Il ne lisait jamais un livre. Les tarlouzes lisaient des livres. Pas lui. Pas Frankie. Il ignorait que pendant vingt ans Valery Larbaud n'avait plus répété que : « Bonjour, les choses d'ici-bas ! », que Fernando Pessoa avait dit : « Donnez-moi mes lunettes », que sur l'échafaud madame du Barry avait soupiré : « Encore un instant, monsieur le bourreau », qu'Henry James avait conclu : « La voilà donc, cette chose si distinguée ! » et que Barbey d'Aurevilly avait résumé toute l'affaire par un : « On s'en souviendra de cette planète. » Il ne savait rien de tout cela. A cet instant, il réalisa que la vie ne lui avait rien appris. Le purgatoire avait assez duré. Il avait mal au cœur, tout d'un coup. *Je ne vais pas dégueuler sur scène, quand même.* L'obscurité et le silence, il n'y a plus que ça.

Le plus curieux de ses projets date de 1988 : reformer le Rat Pack. On ne contacte même pas Joey (« J'étais une souris dans le Rat Pack »). Sammy Davis Junior saute de joie. Dean Martin est moins enthousiaste. La mort de son fils l'a mis K.O. (pilote, il s'est tué l'année précédente aux commandes de son jet Phantom FA-C sur la montagne même où la mère de Frank s'était écrasée). Les deux autres le tannent : « Allez, Dino, quoi. » Il n'arrive pas à dire non. Il se fout de tout, dans le fond. Ça ou autre chose... En route pour le *Together Again Tour.* Personne n'a évoqué Peter Lawford.

Les concerts démarrent. Ils ont pris de la bouteille, mais Frank et Sammy jouent le jeu, foncent bille en tête. Dean, c'est différent : tout juste s'il ne bâille pas sur scène. Il est sur les rotules, au bout du rouleau. Il n'a plus l'âge de ces conneries. Les suites de palaces, toujours les mêmes. Les limousines, de plus en plus vastes, équipées dernier cri. Les filles à la con qui frappent à sa porte, de plus en plus vieilles, de moins en moins gratuites. Un soir, il va jusqu'à balancer sa cigarette allumée dans le public. Ça ne va plus, non ? Frank est hors de lui. Dean déclare forfait après le concert de Chicago. Motif officiel : indisposition rénale. Les retrouvailles auront duré une semaine, pas un jour de plus.

Dean est remplacé par Liza Minelli. Frank dévisse le micro de son pied et le serre dans sa paume. Cette fois, le Rat Pack est bien mort.

En 1989, il crée sa marque de sauces pour pâtes. Cela s'appelle donner dans le pathétique hollywoodien. *Sugo da Tavola.* Même un gondolier n'aurait pas voulu d'une chanson avec un titre pareil. La maîtresse de maison : « Vous reprendrez bien un peu de Sinatra ? Avec ou sans parmesan ? »

Isabelle Adjani a de la chance. Dans *La repentie*, au fin fond du désert marocain, elle tombe sur un jukebox qui diffuse à plein volume *It Was A Very Good Year.*

C'était pénible de le découvrir dans cet état. Les kilos en trop devenaient gênants. Sur scène, on ne voyait qu'eux. Les boutons de sa chemise étaient prêts à décoller comme des exocets. Le double menton empiétait de plus en plus sur le col. La couperose était difficile à masquer. Et ces yeux liquides, injectés de sang, comme ceux des chiens qui n'ont plus le courage de lever la patte. Quand il sortait des coulisses, sa démarche chaloupée n'était pas toujours volontaire. Ooooppsss. *My Way.* Mais ouais, c'est ça, mon vieux. Allez, viens, on va rentrer, papy.

Tu n'aurais pas pu faire un peu attention, non ? Continuer à nous faire croire que l'alcool ne rend pas flou, pitoyable et gras du bide, qu'il ne souligne pas tous les défauts au Stabilo ? A entretenir cette douce fiction, whisky et petites pépées.

La voix racontait les soirs sans nécessité, le verre de trop, la cigarette oubliée dans son cendrier (le filtre qui dégage une horrible fumée, après), l'espoir qui fait semblant de renaître, les regrets et la trahison. Il n'avait pas revu Peter Lawford. Certains soirs, il chante avec Elton John et Pavarotti. A chaque fois, le speaker annonce au micro : « *Frank Sinatra in person.* » Il avait incarné une adolescence qui ne voulait pas finir. Maintenant, il aligne des zéros sur des chèques, soutient de justes causes, parraine des amicales diverses. Le rideau qui tombe le ramène toujours dans sa nuit. Il a traversé le siècle en douceur, comme au volant d'une limousine glissant au ralenti. Quelques embardées quand même.

Dean était foutu. Il n'y avait plus rien à en tirer. Durant une apparition au MGM Grand, il avait glissé le mot *fuck* dans *Tie A Yellow Ribbon.* C'était un peu comme dire «enculé» au milieu d'*A la claire fontaine.* Sur la plaque minéralogique de sa Stutz Blackhawk, il avait gravé : DRUNKY. On ne faisait pas plus explicite. Il mélangeait scotch et Percodan. Il signait ses contrats sans même les regarder. A quoi bon? Il avait plus de millions qu'il ne pourrait jamais en dépenser. Il se tapait des starlettes, des hôtesses.

Les tabloïds avaient déjà annoncé sa mort plusieurs fois. *Plus que quelques mois, Dino... Dean Martin : les médecins on ne peut plus pessimistes... Les derniers jours tragiques de Dean...* Il avait traversé tout cela comme le reste : en s'en foutant. Même pas un bras d'honneur, juste un haussement d'épaules. *Va fanculo.* Dans le fond, il aurait été assez d'accord pour mourir attablé dans son restaurant favori avec un verre de whisky dans une main et une cigarette dans l'autre. Il ne mangeait presque plus rien. Il avait renoncé à lui-même. J&B et soda. Ça ne lui déplaisait pas de s'enfoncer dans le silence et la solitude. Personne ne pouvait plus rien pour lui.

Peut-être que ce fumiste était le plus doué d'entre eux. S'il avait pris les choses au sérieux, il les aurait tous enfoncés.

Ça va de moins en moins fort. La voix, ça n'est plus ça. Il oublie les paroles des chansons. Il n'arrive même plus à lire le prompteur. Il se fait opérer de la cataracte.

Chez lui, il pique une crise si Barbara, inquiète pour sa santé, limite les calories et ne lui prépare pas un dîner italien, le même chaque soir : ses pâtes juste comme il faut, *al dente.* Si la cuisson laisse à désirer, il pulvérise son assiette sur le mur. Les fins sont toujours moches. Quand il y a des invités, il les abandonne dans la salle de projection – Barbara joue les maîtresses de maison, choisit un film qui n'est pas encore sorti sur les écrans – et disparaît dans la pièce qu'il a remplie de trains électriques. Pauvre vieux Frank, louchant sur ses locomotives, graissant les wagons d'une main tremblotante, se resservant en douce un whisky. Il lui arrivait de repenser à Ava. Elle se bourrait la gueule au Claridge de Londres. Un après-midi, elle avait même téléphoné à Paul Bowles à Tanger pour obtenir le rôle de la comtesse de Valverde si l'on adaptait *Après toi le déluge* au cinéma. Elle avait aussi déclaré : « Les hommes ? Ils ne valent pas le voyage. » La garce. Il espérait qu'elle ne pensait pas à lui en disant ça.

D'autres fois, il ne restait plus que l'ombre de lui-même, un petit pépère qui mangeait des haricots en boîte en regardant *Jeopardy* à la télévision, soudain assommé par cette cruelle évidence que la mort n'était pas seulement réservée aux autres. Le temps passait. La pièce était remplie d'objets qu'il n'avait pas achetés. Il appréhendait le sommeil. Ses rêves faisaient naître en lui d'incontrôlables terreurs. Pourtant, on lui avait juré que le succès tuait la peur, même la peur de mourir. Souvent, il se sentait presque paralysé par la présence de la mort. Les morts étaient dans la pièce, contemplant les méandres de son existence chaotique, année après année. Trop de choses venaient du passé. Il ne se doutait pas qu'il avait le cœur tellement fait pour regretter. Dans le fondu enchaîné de sa mémoire, les anciens démons reprenaient le dessus. Frank recommençait à chanter. Il ne savait faire que ça, de toute façon. Frank Junior s'occupait des concerts, de l'intendance, dirigeait l'orchestre derrière son père. Il fallait qu'il chante dans un langage qui était celui de son âme. C'était tout ce qui lui restait. Sa voix, il la ciselait avec une précision de maniaque, même si ça devenait de plus en plus difficile, acrobatique, hasardeux. A travers elle, il s'agissait de lutter contre la banalité, d'inspirer des passions humaines. Pour cela, il avait besoin d'intensité. Sa vie en manquait salement, désormais. Il s'était beaucoup tourmenté à cause de ses excès. Il ignorait tout de la lenteur et de la délicatesse. Il ne savait pas attendre. Tout lui était dû. Il était Frank Sinatra, oui ou non ?

Maintenant, je suis sûr d'une chose. Sinatra nous accompagnera jusqu'au bout, comme les romans de Fitzgerald, les nouvelles de Salinger, les films de Whit Stillman. Le jour où nous n'écouterons plus ses chansons, cela voudra dire que c'est fini. Nous serons morts, alors.

Tout sera bien.

Ne vous inquiétez pas pour lui. Tout lui est facile et agréable. Il a tenu le monde sur un fil. Son cœur est resté jeune. Il a toujours cherché quelqu'un pour veiller sur lui. Il est capable de parler d'amour et de mariage, même si, pour lui, il s'agit d'un tendre piège, d'une vieille magie noire, d'un rêve impossible. Ses années ont été impatientes : tous ces lendemains, toujours le même vieux samedi soir. Qui veut être milliardaire ? Lui seul avait la réponse à cette question. Les dames sont des vagabondes. S'il le faut, il leur dira qu'elles sont sensationnelles ou qu'il les a dans la peau, vantera l'allure qu'elles ont ce soir, s'attardera sur l'ombre de leur sourire, commandera un verre pour son bébé, prétendra qu'elles le font rajeunir, leur demandera la lune. Il a déjà entendu cette chanson. C'est un monde qu'il connaît. Les femmes lui manquent seulement quand il pense à elles. Alors, il peut être un amant jaloux. Quand ça ne va pas, il soupire : « C'est la vie. » Quand ça va encore plus mal, il se remet à boire, installé à une table vide jusqu'aux petites heures de l'aube, s'interroge sans fin sur ce qu'on appelle l'amour, la chose la plus triste au monde quand elle disparaît. Promis, il ne sera plus jamais le même. Il ne sourira plus jamais comme avant. Il essaie d'être insensible, d'éviter les choses stupides. La solution : être content d'être malheureux. Il se souvient des mois d'avril, adore Paris, mais Chicago est une ville faite pour lui. Le vent d'été l'enchante. Il lui faut tout, la nuit et le jour, des « Il était une fois », de l'or qui tombe du ciel, trois pièces dans une fontaine. Que va-t-il faire du reste de sa vie ? Au bout du compte, personne ne gagne, mais qu'on le laisse essayer encore une fois.

Il est comme il est. Un homme seul. Oubliez-le un peu. Il vivra jusqu'à ce qu'il meure.

Cette foule. Qui étaient tous ces vieux? Frank écarquillait des yeux stupéfaits. Ces visages familiers étaient ceux de septuagénaires épuisés et amers. *Je ne fais pas partie de ceux-là, vous devez vous tromper d'adresse.* Ce soir, il n'était pas du tout ivre, mais dans un état de lucidité extrême. Cela ne lui arrivait plus si souvent. Il contemplait son public avec horreur. Sifflements poussifs et applaudissements ramollos. Leurs joues leur ruisselaient dans le cou. Tailles épaissies, lourds relents d'after-shave, taux de cholestérol, crânes dégarnis, gamma GT. Il y avait presque trente ans que Kennedy était mort. Tout s'était passé si vite. Les lunettes à double foyer pinçaient des narines bourgeonnantes, sillonnées de veinules éclatées. Certains manquaient à l'appel. Regards vitreux, inquiets, à la recherche du précieux panneau indiquant les toilettes. A leur âge, il valait mieux prendre ses précautions. *Qui êtes-vous?* se retenait-il de leur demander. Ils avaient tous de ces gueules – et personne n'avait songé à tirer le signal d'alarme. Les rides sur les visages, comme un rideau de macramé. Qui donc leur avait jeté un sort, à tous? C'était vraiment eux. Cœurs brisés, hystérectomies, faillites frauduleuses, graisse malsaine, cancers du sein, richesses puantes. Merde, il avait grandi avec ces gars-là. *Hé, les mecs, nous avons été gosses ensemble, nous avons baisé les mêmes nanas, et ça, bon sang, je ne l'oublierai jamais.* Des retardataires ne cessaient d'arriver dans le hall, essoufflés, en nage dans leur manteau en poil de chameau. Dans ses chansons, ils venaient chercher des bribes de leur passé commun. Sinatra avait été le compagnon de leur débâcle. Il était marié à la même femme depuis une éternité. S'il n'avait pas été aussi célèbre, si sa photo n'avait pas continué à orner les pages des magazines, ils auraient certainement eu du mal à le reconnaître, eux aussi. Il avait déjà envie de se retrouver dans son jet privé. Avoir tenu si longtemps le haut du pavé était d'une injustice insigne. Il s'empara du micro à contrecœur. Allez, essayons encore une fois d'afficher un sourire courageux. Ses lèvres remuèrent. Les premières paroles de *The Lady Is A Tramp* s'en échappèrent. *Pour l'amour du ciel, que quelqu'un me débarrasse d'eux !*

1986. La mort se met à rôder de moins en moins discrètement autour d'eux. Il participe à un épisode de *Magnum,* aux côtés de Tom Selleck. Il peint, dessine des cravates. Sur les murs, les toiles de Pissarro se retiennent de pouffer.

1990. Sammy a fini par y passer. Cancer de la gorge. Avec toutes les cigarettes qu'il grillait – plus le reste. A une époque, il se défonçait tellement qu'il avait chanté deux chansons et était retourné dans les coulisses, ayant perdu toute notion de la durée, persuadé que le concert était terminé. Aux funérailles, Frank porte le cercueil avec Dean. *So long, Smokey Baby.*

Quelques mois plus tard, c'est au tour de Dino. Série noire. Dévasté, Sinatra n'a pas le courage de se rendre à l'enterrement. « Il était mon frère. Dans les bons et dans les mauvais moments, nous étions là l'un pour l'autre. Il était comme l'air que je respire... Toujours là. »

Pendant ce temps, Barbara le supplie d'arrêter de fumer. Il y a des choses qu'on ne peut pas laisser tomber.

Le nombre de gens que je n'aurai pas rencontrés : Sautet, Truffaut, Jean-Louis Bory, Truman Capote, Paul Gégauff, Pascal Jardin, Maurice Ronet (j'aurais pu, si j'avais vraiment voulu, si je m'étais donné un peu de mal).

Sa carcasse le lâche de partout. Il n'y a plus que des moments mous. Vertiges. Brouillard. Il s'empâte, titube sur scène. Le haut du corps a des rondeurs de barrique. Sur les joues, la couperose gagne du terrain. Le fond de l'œil vire à une teinte jaunâtre, liquide, *orange.* Sous les paupières, les poches s'accentuent. Les cheveux se font de plus en plus la malle. Le double menton a pris ses quartiers d'hiver. Il a toujours la peau luisante, humide comme une tranche de jambon sous cellophane. Les malaises sont monnaie courante. La vie, la vraie vie, il ne l'attrape plus qu'à tâtons. Les excès, les années réclament leur dû. Mais pas question de suivre un régime.

Barbara l'appelle pour dîner. *Merde.*

A Chicago, il termine son concert d'adieu le 22 octobre 1994 par ces mots : «Je vous souhaite de devenir centenaires, et que la dernière voix que vous entendiez soit la mienne.» Fin de parcours. Retour au néant. Je vous laisse à vos putains de rappeurs.

Le XXe siècle était bien terminé. Sinatra tire sa révérence avant qu'il ne soit trop tard. Les vieux ne se suicident jamais. Allez, musique. *Send in the clowns.*

J'ai toujours voulu écrire un roman qui aurait commencé par cette phrase : «Sinatra fut la musique de mon divorce.» Le héros se saoulerait tout seul le soir dans son salon en écoutant Once Upon A Time. *Trop de whisky, le volume à fond, le ventre retourné à l'idée de ne plus voir ses enfants, notre homme au plus mal. Sinatra faisait une excellente* B.O. *pour une séparation. Tout au long de la nuit, le type dévasté se passerait les albums en boucle. Cette affaire l'aurait laissé sur le flanc. En gros, il ne lui restait qu'une chaîne hi-fi et ses disques de Sinatra. Un homme qui conserve sa collection de Sinatra ne peut pas être totalement désespéré.*

Si on lui avait dit ça : Frank Sinatra a quatre-vingts ans. Pour son anniversaire, il donne un concert. *My Way*, il le chante en duo avec Pavarotti. Il effectue une pause et demande qu'on lui apporte un verre d'eau. «J'ai dit : d'eau» (*rires dans la salle*). Pour l'occasion, l'Empire State Buiding a été illuminé en bleu, le fameux bleu de ses yeux.

Le présent tourne au traquenard. Son effigie orne des cartes bancaires. Les titulaires de la Sinatra MasterCard peuvent obtenir un crédit de 50000 dollars, des bonus pour des voyages. Peut-être qu'il faudrait arrêter les frais.

Oui, mais peu avant, il s'est bourré la gueule chez lui avec Bruce Springsteen et Bob Dylan. « *Great guys.* » Ils ont chanté, joué du piano. Les verres de bourbon se sont succédé. Le lendemain, il a suggéré à Barbara de les inviter plus souvent. Réplique de la matrone : «Il faudra passer sur mon cadavre.»

Examinez-le bien, le vieux salaud, en train d'enregistrer *L.A. Is My Lady* à New York avec Quincy Jones. Il est rougeaud, a besoin de lunettes pour déchiffrer ses textes. Il allume une cigarette entre deux couplets. Il a toujours su faire ça. Le sourire qu'il a en soufflant la fumée. Il a trente ans, soudain.

Jetez un œil sur ce poussah bedonnant en boxer-short dans sa chaise longue à Monte-Carlo. Qu'est-ce que vous voulez ? Cet Américain aux manières déplorables est une légende. On ne pourra plus rien contre ça. Ce soir, il a un gala. Ce Rital suiffeux, ce gros lard bouffi d'alcool de grain est un héros, un artiste dont on dit : « Je donnerais n'importe quoi pour le rencontrer », quelqu'un à qui on pourrait encore lancer : « Frankie Baby, tu es le meilleur. » Au fond, des pop-stars comme Mick Jagger devaient l'admirer à en crever. Ce beauf en smoking est un guerrier. Ses batailles, il a fini par toutes les remporter. D'autres bâtissaient des cathédrales. Sinatra s'est fait une citadelle de mélodies. On lui pardonne tout. Sa moumoute. Son arrogance. Ses prestations écourtées. Sa chevalière au petit doigt de la main gauche. La malédiction ne lui va pas. Il est magnifique. Sa vie s'était divisée entre le fabuleux et l'extraordinaire.

C'est bien lui. Ce physique d'empereur romain lassé

de toutes les victoires, revenu de ses guerres inutiles. Miroir déformé du rêve américain. Cet homme de violence est assis en silence dans la pénombre de sa loge, un verre posé sur sa cuisse droite. Descendre son bourbon est une occupation qui semble requérir toute son énergie. Il compte les mégots accumulés dans le cendrier. Déjà six. Depuis quand? Il a perdu son sourire lumineux de tombeur. Au fond de lui, une voix s'élève. Elle se retient de hurler : «Putain, tout le monde meurt, là-dedans!»

Sa dernière performance a lieu le 25 février 1995 au tournoi de golf de Palm Springs qui porte son nom. Il s'incline vers le public. Son salut est aussi vieux que lui. *Good Shot, Mister Sinatra.*

C'est Dean qui aimait le golf, pas lui. Il lui arrivait de jouer. Mollement. Au green, il préférait le country-club. On l'applaudissait. Il fallait qu'il y aille. Il posa la balle sur le tee qu'il venait d'installer. Ne pas la bazarder dans les arbres. Il écarta les pieds et se mit en position. Tout le monde n'avait d'yeux que pour lui. Quand est-ce que cela allait cesser? Pas assez haut. Les arbres étaient ses ennemis. Les applaudissements reprirent de plus belle. Ils n'y comprenaient rien, ces cons-là. Si on allait déjeuner, plutôt?

1996. Ils ont démoli le Sands. Finis les partouzes et les gangsters. Sur le Strip, il n'y a plus que des parcs à thèmes et des restaurants franchisés.

On l'hospitalise pour une pneumonie et pour une attaque cardiaque. Dans la chambre, une veilleuse est allumée en permanence. On entend le bip-bip d'un moniteur. Le patient a de la bedaine et de pauvres bras décharnés. C'est un vieux machin, une chose fragile et vulnérable.

A un moment donné, on vous présente l'addition. Il faut payer. Cash. Trop de verres séchés d'un trait. Trop de filles faciles, de coups d'un soir.

Est-ce que ç'avait été une si bonne idée de tout avoir ?

Il avait cru à la vie en roue libre. Il n'avait pas dévié du chemin qu'il s'était tracé. Mais il survient toujours une heure où les hommes à cheval s'en vont à pied. Il avait tué tout ce qu'il aimait. Sa propre fortune lui donnait la nausée. Il serrait le vent dans son poing. La vieille autodestruction n'avait pas dit son dernier mot. Appel à toutes les voitures.

Ses disques sont des testaments. Ses chansons ont de la simplicité et de la profondeur. Elles appartiennent à un folklore enchanté. Sinatra a écrit une histoire d'ombre et de lumière. Hit-parades et règlements de comptes. Il pratiquait le grand écart, de l'ignoble au sublime. Il avait lancé une OPA sur la belle vie. Ses gardes du corps le baptisaient Napoléon, Marlene Dietrich « la Rolls Royce des hommes » et il devait bien y avoir une raison.

Il aimait les nuits, avec leurs secrets, leurs mensonges. La nuit, rien n'était pareil. Le matin, il fallait revenir sur terre. C'était tuant. Il incarnait le danger, la romance, l'aventure.

Il représentait l'Amérique que nous aimons, celle qui n'a jamais existé et à laquelle nous nous forçons à croire. L'Amérique d'*Un été 42*, de *Petit déjeuner chez Tiffany*.

Il fabriquait de la nostalgie comme il respirait. Il ne chantait jamais une chanson deux fois de la même manière. La poésie jaillissait sous les projecteurs. Il monte sur scène, sourit, brève inclination du buste, attend que les applaudissements aient cessé. Les premières notes de *I've Got The World On A String* s'élèvent. Écoutez-le. Il tient la mesure, lâche enfin la phrase comme on lifte une balle de tennis. Il se perche sur un tabouret, sollicite une pause pour un whisky, rouspète pour la forme parce qu'on le lui apporte dans un gobelet en plastique. Au Budokan de Tokyo, il donne sa pochette rouge à la Japonaise venue lui tendre un bouquet de fleurs. Il y a en lui du Gatsby. On ne saura jamais à quelle lumière verte il croyait, de l'autre côté de la baie. S'il fallait le rapprocher de quelqu'un, ça ne serait pas d'un chanteur, mais de Jack Nicholson. Autour de lui régnaient le sexe, le fric, les odeurs pas nettes de l'après-boire. Ce cyclothymique avait reçu un acre de terre dans le Tennessee de la part de Jack Daniel's. La marque n'était pas ingrate.

L'excès était son mètre-étalon, la mesure de son quotidien. Son insatisfaction lui fouettait les sangs. Il y avait quelque chose qu'on avait perdu à jamais et pourtant on consacrait le restant de ses jours à essayer de remettre la main dessus.

A chaque fois, il raconte une histoire qui fait semblant d'être la nôtre. Il a un don pour ça. Le chagrin se décline au comptoir d'un bar un peu vide. Les verres s'alignent devant le consommateur solitaire qui n'a même pas pris la peine d'ôter son imperméable. A intervalles réguliers, il se dirige vers la cabine téléphonique. Cela sonne occupé. Ou alors personne ne répond.

Garçon, la même chose.

Il berçait l'Américain moyen de promesses insensées. C'était la médiocrité des autres qui lui avait permis d'arriver là où il était. Il fallait qu'ils aient envie de lui ressembler. Il n'aurait surtout pas voulu leur serrer la main. Leur argent, voilà tout ce qu'il daignait accepter d'eux. Leurs rêves, ils pouvaient se les garder. S'il n'y avait eu que des types comme lui, à qui serait revenu le rôle du gars ordinaire, chemisette à manches courtes et coupe en brosse, surcharge pondérale et épouse vissée devant la télé ?

Au-dessus de Palm Springs, le ciel n'avait plus de couleur. Le soleil s'évanouissait dans le lointain. Des nuages de poussière commençaient à se soulever. Il aurait voulu un peu d'ombre. La lumière étendait son linceul pâle sur toute la Californie. Le Jack Daniel's avait une odeur de détergent. Dans sa chambre, il s'emmerdait comme un rat. Sa mère était morte. Pauvre petite maman, réduite en charpie sur les contreforts de cette foutue montagne. Sammy était mort. Est-ce que son œil de verre demeurerait intact, pour l'éternité, au fond de son cercueil ? Dean était mort. *That's amore*, mes fesses. Ils l'avaient tous planté là. Même ce salaud de Peter Lawford était mort, avec tous ses petits secrets de merde. Qu'est-ce qu'il lui restait ? Assis sur le rebord de la baignoire, il se coupait les ongles des pieds. Ils étaient de plus en plus durs, de plus en plus jaunes, de plus en plus épais. Cela faisait un claquement sec. Les éclats volaient dans tous les sens. Barbara allait encore rouspéter. *Fuck Barbara!* Son gros bide débordait sur sa ceinture. Les boutons de sa chemise étaient prêts à sauter. Il soufflait comme un bœuf. Cette vie, c'était l'horreur. Sa respiration marqua un temps d'arrêt. Il avait de plus en plus de mal à cohabiter avec lui-même. Combien de temps encore réussirait-il à faire semblant? Il avait interprété les plus merveilleuses chansons qu'on ait jamais entendues. *So What?* Il se redressa d'un coup. Une sorte de vertige le saisit et, soudain, il se souvint de la maison de son enfance, des hivers d'il y avait longtemps, de son père qui se penchait sur lui pour lui dire bonsoir, de la lumière qui restait allumée toute la nuit dans le couloir.

Mourir sur scène? Il fallait oublier. Une fois, pourtant, on avait bien cru qu'il allait y passer. C'était une façon de leur dire à tous : «Je suis trop vieux pour que ma mort ait encore la moindre allure.»

Est-ce qu'au moins ils ont pensé à repeindre le Paradis en orange? Là-haut, dans le Grand Casino, il doit y avoir partout des affiches à son effigie avec la mention *Wanted.* Les autres donneraient n'importe quoi pour l'avoir parmi eux. *Grouille-toi, Frankie, qu'est-ce que tu fous?* Ils l'attendaient, les glaçons fondant dans leur verre, dessinant comme des courants miniatures dans le liquide ambré. L'ambiance n'est pas la même quand *the Chairman of the Board* manque à l'appel. Ava est plus belle que jamais.

Et là, dans l'air du soir doré par les jets d'arrosage, il cessa de former des projets d'avenir.

Mon vœu : être enterré au son de It was a very good year.

Début du troisième millénaire. Le froid nous entoure. Boire est mal vu. Il est interdit de fumer dans les endroits publics. Les passagers qui ont peur en avion n'ont même plus le droit d'allumer une cigarette au moment du décollage. En prenant le pouvoir, la télévision a tout bousillé. Nos enfants ont les yeux rivés sur les *reality-shows*. Leur mémoire est une grille des programmes, avec rediffusions durant l'été. On enregistre des duos posthumes. Magie infernale du numérique. Hé, Frankie, planque ta charogne. Tu sais qu'ils te font chanter avec Céline Dion. Envoie vite quelqu'un leur péter les tibias ! Il n'aura pas assisté à ça, au moins. Cette époque où l'on vit constamment à l'imparfait. A sa mort, il n'y a pas eu d'autopsie. Il aurait fallu disséquer le siècle. Avec lui, s'est éteinte une énigme dont la résolution est perdue à jamais. Les humains ne sont pas des avions. Quand ils meurent, il n'y a pas de boîte noire pour savoir ce qui s'est vraiment passé.

J'aurai bientôt cinquante ans et je n'écoute plus que ça, du Sinatra à outrance. Je me suis mis à adorer ce type et je ne sais plus ni où ni quand. Peut-être est-ce que je ne me lasse pas de l'entendre prononcer lipstick traces *dans* These Foolish Things Remind Me Of You. *Ou peut-être que – merde – je ressemble désormais à mon père.*

L'information tomba le 15 mai 1998 aux petites heures de l'aube – *The Wee Small Hours Of The Morning*. Frank Sinatra était mort la veille au soir, dans la salle des urgences du Cedars Sinai Hospital de Los Angeles. Arrêt du cœur. Barbara était à son chevet. Quelle est la dernière phrase qu'il a prononcée ? *The Best Is Yet To Come ?*

En apprenant la nouvelle, les gens ont tout de suite téléphoné à leurs amis les plus proches. Saleté de vie que celle où un type comme Sinatra pouvait y passer à son tour. Les plus endurcis avaient une drôle de voix en parlant. Leurs yeux s'embuaient et ils essayaient de le cacher. Ce jour-là, partout dans les États-Unis, si vous aviez abordé un vendeur de journaux dans la rue, interrogé un garçon d'ascenseur ou la caissière du drugstore, arrêté un chauffeur de taxi au feu rouge, tous auraient fait la même réponse : « Il était mon idole, voilà tout. » Pareille émotion, il faudra attendre le 11 septembre pour la retrouver.

J'aime me dire que j'ai vécu à une époque où Frank Sinatra était encore de ce monde. Ça faisait du bien de penser qu'on partageait un peu de l'air qu'il respirait, d'être submergé par une vague de reconnaissance à l'idée que ses chansons rendaient l'existence un peu plus douce, un peu plus mélancolique. Quand il voulait, il réussissait à donner de la gravité au moindre de ses soupirs. Devant lui, la réalité se mettait à genoux.

Avec lui, un monde disparaissait. On ne peut pas dire qu'il nous manque complètement puisqu'il reste ses disques. Son ombre flotte sur nos souvenirs, nos amours, nos virées entre copains, nos nuits blanches, quand vous enfoncez la tête dans l'oreiller pour que personne ne vous entende pleurer. Chez lui, il y avait de la légèreté et de la noirceur. Son éloge de l'irresponsabilité découlait d'un travail acharné. Il fallait être un taliban, un membre du Politburo, un lecteur de Marguerite Duras pour ne pas se sentir des affinités avec ce type-là.

Posons un CD sur le lecteur et laissons le passé envahir la pièce.

Né le 12 décembre 1915. Mort le 14 mai 1998.
Premier enregistrement en studio : 13 juillet 1939.
Dernier enregistrement en studio : 14 octobre 1993.
5 000 chansons. 206 CD.
1307 performances.
900 shows télévisés ou radiophoniques.
Plus de 60 films.
4 épouses : Nancy Barbato (1939-1951), Ava Gardner (1951-1957), Mia Farrow (1966-1968), Barbara Blakeley Marx (1976-1998).
3 enfants : Nancy (61 ans), Frank Junior (58 ans), Tina (53 ans).

Pourquoi personne ne l'avait-il prévenu que ce serait comme ça ? Survivre est la chose la plus difficile au monde. Le survivant se sent toujours coupable. Il est le prochain sur la liste. En plus, il s'ennuie. Ses souvenirs l'encombrent. Ils ne font plus le poids. La nuit est vraiment noire, désormais, et les jours ont 24 heures pour de bon. Un lent plongeon vers la sénilité. Voilà, la mort avait cet avant-goût de vide et de tristesse. Marilyn, Kennedy lui avaient fait croire que mourir était quelque chose de tragique, de mystérieux. Tu parles, c'était quelque chose de lent, de sale, d'assommant. Quand il réussissait à dormir, ses rêves s'entrechoquaient comme des galets. Est-ce que demain ça serait mieux ? Est-ce qu'il y aurait autre chose que ces longues journées identiques et solitaires avec cette conne de Barbara qui ne pensait qu'à ses liftings ? Ses enfants ne pouvaient pas blairer leur belle-mère. Il n'arrivait pas à leur donner tort. Publiquement, il feignait de s'offusquer. *Puisque vous dites que vous m'aimez, vous pourriez faire un effort. C'est ma femme, merde, après tout !* Quel âge avait-il, déjà ? Il ne savait pas qu'il était si vieux. Il avait l'impression d'avoir traversé des vies et des vies. Il reniflait. Les veines de ses tempes étaient tendues et gonflées. Autour de lui, cela sentait l'alcool qui avait tourné. Sa mémoire empestait. La vieillesse avait cette odeur terrible. Cela semblait un sort si triste de mourir tout seul, après les autres. Il allait faire nuit dans 35 minutes. Il n'avait pas peur, non. C'était autre chose. Il avait envie de fermer les yeux. S'ils ne se rouvraient pas, il n'en voudrait vraiment à personne.

BIBLIOGRAPHIE

Nancy Sinatra, *Frank Sinatra, une figure de légende*, Palma, 1997.

Kitty Kellie, *Frank Sinatra. Biographie non autorisée*, Presses de la Cité, 1986.

Shawn Levy, *Rat Pack Confidential*, Fourth Estate, Londres, 1998.

J. Randall Taraborelli, *Sinatra The Man Behind The Myth*, Mainstream Publishing, Édimbourg, 1997.

Jean-François Revel ne me tiendra pas rigueur, j'espère, d'avoir mis une de ses phrases dans la bouche de Frank Sinatra.

Cet ouvrage a été composé en Caslon corps 13
par In Folio, Paris

Impression réalisée sur CAMERON par
BRODARD ET TAUPIN
La Flèche

pour le compte des Éditions Fayard
en mars 2003

Imprimé en France
Dépôt légal : mars 2003
N° d'édition : 30896 - N° d'impression : 17818
ISBN : 2-213-61502-0
35-33-1702-6/01